狼兄弟

冰地遇险

（英）米雪儿·佩弗 著

张君玫 译

中国和平出版社

图书在版编目（CIP）数据

冰地遇险 / (英) 佩弗著；张君玟译. —— 北京 : 中国和平出版社, 2012.6
（狼兄弟系列）
ISBN 978-7-5137-0327-7

Ⅰ.①冰… Ⅱ.①佩…②张… Ⅲ.①儿童文学—长篇小说—英国—现代 Ⅳ.①I561.84

中国版本图书馆CIP数据核字(2012)第095144号

CHRONICLES OF ANCIENT DARKNESS BOOK 3:SOUL EATER
AUTHOR:MICHELLE PAVER
Copyright:©2006 TEXT BY MICHELLE PAVER,ILLUSTRATIONS BY GEOFF TAYLOR
©2007 Arnoldo Mondadori Editore S.p.A.,Milano
Cover illustration by Paolo Barbieri
This edition arranged with ORION CHILDREN'S BOOKS LTD
through BIG APPLE AGENCY, INC., LABUAN, MALAYSIA.
Simplified Chinese edition copyright:
2012 China Peace Publishing House Co., Ltd
All rights reserved.

中国版权登记号：图字：01-2012-0502

冰地遇险

（英）米雪儿·佩弗 著　张君玟 译

出版人：肖　斌
责任编辑：杨　隽　杨　光　张春杰
美术编辑：杨　隽
责任印务：宋小仓　曲利华

出版发行：**中国和平出版社**
社　　址：北京市海淀区花园路甲13号院7号楼10层（100088）
发 行 部：（010）82093738 82093737（传真）
网　　址：www.hpbook.com
投稿邮箱：hpbook@hpbook.com
经　　销：新华书店
印　　刷：北京中印联印务有限公司
开　　本：690毫米×960毫米　1/16
印　　张：16.5
字　　数：114千字
版　　次：2012年7月第1版　2012年7月北京第1次印刷

ISBN 978-7-5137-0327-7　　　　　　　　定价：29.80元

狼兄弟

致中国读者

亲爱的中国读者们：

首先，我想热切欢迎你们进入到我的世界！

从十岁开始，我就非常向往石器时代的生活：拿着弓箭去打猎，披着鹿的毛皮取暖，用树枝搭建营帐。而我最想拥有的，是一只狼。

《狼兄弟》实现了我的所有愿望。这个故事是有关石器时代的野狼和无边森林，以及深懂狩猎之道的勇敢人民。在此，我身上披着鹿皮，嘴里咬着鹿肉，夜里听见野猪和野狼的嚎叫，并和一只熊进行胆战心惊的对峙。

我深信当你阅读这本书的时候，你将宛如身临其境，与托瑞克和小狼同在那远古的年代。所以，我亲爱的读者，尽情享受这一趟冒险之旅吧！

第一节

托瑞克并不想把它视为不祥的预兆，他宁愿相信那只是偶然飘落在雪地的一根猫头鹰羽毛。因此他置之不理，这是他犯下的第一个错误。他默不作声，继续检查他们一路追踪到的痕迹，看起来还很新。他脱下手套，伸出手指碰触，底部还没有结冰——错不了，是新的脚印。

他转头看上坡处的芮恩，先拍一下衣袖，再举起食指，指向榉树林。**有一头驯鹿，往南边去了。**

芮恩点了一下头，随即从箭袋里抽出一支箭搭在弓上。她和托瑞克同样身穿浅白色的驯鹿皮外套和裤套以便隐身，脸上涂满木灰，好掩盖气味。两个人同样饥肠辘辘，一整天下来只吃了少许的野猪肉干。

和托瑞克不同的是，她并没有看到那根猫头鹰羽毛。那就不必告诉她了，他心想。这是他犯下的第二个错误。

狼在离他几步远的下坡处，嗅着地衣上的一小块空缺，那是驯鹿啃咬过的痕迹。他竖起双耳，全身的银毛亢奋地膨胀。他感应到托瑞克的不安，但不动声色。他又嗅了一下，然后抬起口鼻，捕捉微风中弥漫的一股味道。他琥珀色的眼眸凝视着托瑞克。

托瑞克的头微微倾斜。**你是说……**他以狼语询问。

狼抖动嘴角的胡须。

托瑞克跑过去查看狼的发现，只见光秃的地面上有一小滴黄色脓液。原来狼是在告诉他，那头驯鹿非常老迈，在咀嚼了多年的冰冻地衣之后，已经是满口烂牙。

托瑞克皱起口鼻，露出一个狼式微笑。**谢谢你，我的狼兄弟。**

他看了一下芮恩，便转身往下坡走去，小心翼翼，不让脚下的海狸皮靴子发出噪音。但这对狼来说已经很吵，他略带责备意味地抽动耳朵，然后像一阵轻烟飘然前进在雪地上。

他们一起穿越沉睡的树林，黑色的橡树和银色的榉树上结的霜发出闪光。托瑞克放眼望去，到处都是绯红色的果子，一棵深绿色的云

杉矗立未眠，守护着沉睡的姐妹们。森林一片宁静，河川都已冰冻，大部分的鸟儿都已南飞。除了猫头鹰，托瑞克心想。

他一眼就认出那是猫头鹰的羽毛，毛茸茸的尖端有隔音作用，可以降低出猎飞翔时的振翅声。倘若那是一根普通的森林猫头鹰的阴郁灰羽，他也不会耿耿于怀，大可拿来送给芮恩当箭饰。偏偏这根羽毛是黑黄相间，阴影与火焰并列，托瑞克辨识出那是最巨大的凶猛猫头鹰——鹰鸮。而每当鹰鸮现身，就表示大事不妙。

狼的黑色口鼻微微抽动，托瑞克立刻提高警觉。他的视线穿过树林，瞥见一头驯鹿啃咬着青苔。他听到鹿蹄走动，看到鹿吐出的气息凝结成雾。太好了，他们仍在下风处，他马上忘了羽毛的事情，满脑子都是鲜美的肉质和香甜的大豌豆。

他的后面传来芮恩拉弓的轻微声响，他自己也拿出一支箭搭在弓上，随即发现自己会挡住她的视线，于是单膝着地，让出空间，因为她一箭射中的机会比自己高。

驯鹿却走到一棵榉树的后面。他们必须等待。正当托瑞克等待之际，他注意到五步以外的一棵云杉树，很不寻常地伸展着积雪沉重的双臂，似乎警告他不可再向前行。

他紧握着弓，全神贯注地紧盯猎物。一阵风吹动他身边的榉树林，上个夏季遗留的枯叶飕飕作响，宛如干扁的双手。他倒抽一口气，那感觉就好像森林想要告诉他一些什么。

头顶上有一根树枝移动，积雪啪一声掉落。他抬头一看，不由得心惊——一只鹰鸮，羽毛成簇的双耳好似箭头，硕大的橘色双眸宛若一对太阳。

他惊呼一声，跳起身来。驯鹿奔逃而去，狼疾追在后，芮恩的箭呼啸着飞过他的帽顶。鹰鸮张开巨大的双翼，悄然无声地振翅飞去。

"你在做什么？" 芮恩气急败坏地大吼，"怎么忽然站起来了？你差一点儿就被我的箭射中了！"

托瑞克没有回话，他的眼睛仍望着那只鹰鸮飞上日正当中的湛蓝晴空。但他随即想到，鹰鸮明明应该在夜里出猎才对啊。

狼小跑着穿过树林，停在他身边，抖落身上的白雪，摇动尾巴。他并不奢望可以追上驯鹿，只是享受追逐的快感。他感应到托瑞克的不安，于是依偎在他身边磨蹭。托瑞克跪下来，把脸埋在他宽厚粗糙的颈背里，闻着狼身上熟悉的香甜青草味。

"怎么回事？"芮恩说。

托瑞克抬起头："当然是那只猫头鹰。"

"什么猫头鹰？"

他眨了一下眼睛："你怎么可能没看到？就是那只鹰鸮，靠得很近，几乎一伸手就可以摸到。"

她还是一脸茫然，于是托瑞克跑上山丘，找到那根羽毛。"你看！"他伸出手喘着气说。狼的双耳立刻往后紧贴，出声咆哮。芮恩伸手抚摸着自己的氏族动物皮毛。

"这代表什么？"托瑞克说。

"我也不知道，反正绝非好事。我们应该回去，芬·肯丁会有对策。还有，托瑞克，"她瞄了一眼那根羽毛，"把它放下。"

他赶紧把羽毛往地上一丢，懊悔自己太莽撞，不该贸然拿起那个东西。他的手掌粘上了一些很细的灰色粉末，他顺手往帽子上一抹，可是肌肤却发出一丝腐臭味，让他联想到乌鸦族的埋骨坟场。狼突然哼了一声，竖起耳朵。

"他嗅到了什么？"芮恩问道。她还是不会讲狼语，但她已经很了解狼了。

托瑞克皱起眉头："我不知道。"

狼的尾巴高高竖起，但就托瑞克所能辨识的讯号来说，那并不是他所知道的猎物。**奇怪的猎物**，狼告诉他。原来狼自己也很疑惑。

托瑞克突然感应到极度的危险，于是发出紧急的嗥叫声："嗷呜！"**不要过去**！

可是狼已经迈开他那永不疲倦的步伐，奔向山谷。

"不要！"托瑞克大叫，匆忙追了上去。

"究竟怎么了？"芮恩叫道，"他说了什么？"

"奇怪的猎物。"托瑞克说。

他越来越觉得不对劲，只见狼已然登上山脊，正回头望向他们。他看起来非常壮丽：厚实的冬季皮毛，灰白相间，点缀少许的狐红色；蓬松的尾巴透露出狩猎的兴奋。**跟我来！我的狼兄弟！有奇怪的猎物！** 然后他就不见了。

他们尽可能快步跟上，但毕竟还拖着行李和睡袋，而且积雪很深，不得不穿着柳条编制的雪鞋，步伐不免缓慢。等他们好不容易爬到山脊顶端，狼早就已经不见踪影了。

"他会等我们的。"芮恩出言宽慰，伸手指向一片山杨林，"等我们走到那边，他就会忽然跳出来了。"

托瑞克听了，心里觉得好过许多。狼昨天就是先躲在杜松树丛里，然后冷不防冲出来把他扑倒在雪堆上，兴奋地嚎叫，轻咬着他嬉戏……一想到这里，托瑞克忍不住笑了起来。

等他们走到山杨林，狼却没有扑过来。托瑞克发出两声短促的吠叫：**你在哪里？**

没有回答。但他的脚印很清楚。许多氏族都会来此狩猎，而且都带着成群的猎犬，要分辨狼和犬的脚印并不困难。猎犬奔跑的方式很杂乱，因为无论如何都有主人喂食；一只狼就不同了，他奔跑的目的很明确，就是要找到猎物，否则就只有挨饿的份。在过去的七个月当中，虽然狼都和托瑞克一起待在乌鸦族人身边，但托瑞克从来没有主动喂他食物，就是怕他会失去狩猎的技巧。

下午的时间慢慢流逝，他们仍一路追随狼奔跑的路线，只见他的后脚印重叠地踏在前脚印之上，那表示他的速度很快。他们的雪靴嘎吱作响，沉重的呼吸声回荡在森林里。

"我们已经走到太北边。"芮恩说。他们现在所在的地方，距离西南方宽水边的乌鸦族营区有一天的路程。

托瑞克再度发出狼嚎：**你在哪里？**

白雪从树梢掉落，洒在他的帽子上，随之而来的是寂静，显得越加深沉。当他看到冬青果子的光彩渐暗，意识到白昼已经接近尾声。天空的亮光慢慢隐没，树木身后的阴影悄然现身。他心里不由得起了一阵寒意，因为他知道，黑暗即将到来。

氏族们称这个时节为"鬼时"，因为时值冬天，庞然公牛"欧罗克"高挂在星空，众多厉鬼从异世界逃脱，蜂拥到森林里，带来浩劫与绝望。只要一只厉鬼就足以污染整座山谷，尽管巫师时时刻刻提高警觉，但仍然无法捕捉全部的厉鬼。厉鬼是很难窥见的，永远只能惊鸿一瞥，无法确定它们的长相，因为它们会变化身形，甚至趁人们熟睡时溜进嘴里，占据生者的肉身，然后它们就此盘踞在那血红的阴暗肉身之中，吸干生者的勇气与信赖，埋下恶意与争斗的种子。

此时此刻，正逢鬼时之际，托瑞克终于明白那根羽毛的险恶预兆已然成真。狼并没有响应他的呼叫，因为他不能，他一定出事了。托瑞克脑中闪过种种可怕的景象。万一狼突发奇想，竟然妄图独力撂倒一头野牛或麋鹿呢？他毕竟只有二十个月大，这些大型猎物的后脚随便一踢，就足以杀死一只有勇无谋的少年狼。

或许他误入了捕猎的陷阱。托瑞克教过他提高警觉，但若他不小心呢？他一定是被困住了，脖子被绳索套住，所以无法发出狼嚎响应。

树枝被积雪压断，抖落更多的雪花。托瑞克双手圈住嘴唇，开始嚎叫：**你——在——哪里？**

还是没有回音。芮恩忧心地勉强一笑，但就在她深色的眼眸里，托瑞克瞥见了自己的焦虑。

"太阳要下山了。"她说。

他故作镇定："月亮不一会儿就会升起，会有足够的光亮追踪脚印。"

她勉强点了一下头。他们又走了几步，她忽然转头说："托瑞

克！快来看！"

拜

狼所误入的是那种最简单的陷阱，他们只是挖了一个洞，再覆盖少许沾满白雪的树枝。这种陷阱应该无法困住狼，但在洞口周围的积雪中，托瑞克发现了一些编织的生皮。"一张网。"他无法置信地说，"他们用了一张网。"

"不过，陷阱里没有钉子。"芮恩说，"他们一定是想活捉。"

这是一场噩梦，托瑞克心想：快让我醒过来，快让狼从树后面跳出来突袭我。就在这个时候，他看到了血迹，看到了雪地上触目惊心的一片艳红。

"可能是他咬了他们。"芮恩喃喃地说，"我希望他咬了，最好是把他们的手全咬断！"

托瑞克捡起一撮染血的毛，他的手指不断颤抖。他勉强自己镇定下来，好好检视雪地上的脚印。狼是怀着疑惧的心走近陷阱的，因为他的足迹从原本的直线跳跃变为慢步的行走，前脚和后脚的足印是前后并排的，但他还是靠近了。

狼！托瑞克在心中叹道：为什么你就不能再小心一点儿？

然后他忽然觉得，或许正因为狼和他之间深厚的情谊，导致他误信了人类，或许这一切都是他的错。他盯着往北方而去的凌乱足迹，已经结冰了，捕捉狼的那些人已经走了好一阵子。

"有几组脚印？"芮恩站在后方，让出足够的空间让托瑞克审视地上的足迹，因为他才是追踪的高手。

"两组。个子比较大的那个脚印较深。"

"所以，是他抱着狼的。但是，为什么要捉狼呢？没有人，没有人会伤害狼。没有人敢。"根据严格的氏族法律，绝对不可以伤害森林里的任何猎者。

　　"托瑞克，"她蹲在杜松树丛后方叫道，"他们原来是躲在这里，但是我无法……"

　　"不要动！"托瑞克连忙警告。

　　"什么？"

　　"那边，你的脚边！"

　　她全身僵住："那是什么……脚印？"

　　他蹲下来仔细察看。父亲在生前对他倾囊相授追踪的技巧，他原以为自己已经可以辨识森林里所有生灵的足迹，但是眼前的足迹是他看过最奇特的：很轻、很小，像鸟的脚印，却又不是。后脚印看起来像是微小弯曲的五爪，没有前脚印，只有两个凹坑痕迹，仿佛这个生灵是用两根小树桩在走路。

　　"奇怪的猎物。"托瑞克喃喃说道。

　　芮恩和他四目交接。"诱饵。他们以此为饵。"

　　他站起来说："他们是往北方走，朝斧柄山谷前进。他们接下来会往哪边走？"

　　她双手一摊："任何地方都有可能！他们可以往东转到斧头湖，一路通往高山区；或是回头往南，通往森林深处；或是往西，那么现在可能已经在通往大海的半路上了。"

　　有声音往他们这边来。他们躲到杜松树丛里，芮恩准备好弓箭，托瑞克从腰带上拔出黑色的玄武岩掷斧。

　　无论他们是谁，显然并没有鬼祟的意图。托瑞克看到一个男人和一个女人，后面跟着一只大狗在拉雪橇，上面有一头死去的獐鹿。一个约八岁大的男孩迫不及待地抢在前头，身边跟着一只比较小的狗，狗的肚子上还绑着一个鹿皮小袋。

　　小狗嗅到了托瑞克身上遗留的狼味，开始狂吠，并火速冲回小男孩身边，男孩顿时停下脚步。托瑞克看到他双眉之间的氏族刺青：三个黑色的椭圆形，看起来好像永远都在皱眉。

　　芮恩松了一口气："柳族！或许他们看到过！"

"不！"他赶紧拉住她，"还不确定他们是否值得信任。"

她盯着他看："托瑞克，他们是柳族人！当然值得信任！"他来不及阻止，她已经跑出去冲向他们，双手握拳，放在胸口，象征友好。

他们一看到她就露出了微笑。他们正要回到西边的氏族营区，女人说道。她的脸上有伤疤，好似橡树皮的溃疡，让人一眼看出她是上个夏天恶疾肆虐的幸存者。

"你们有没有看到其他人？"芮恩说，"我们在找……"

"我们？"那男人问道。

托瑞克站起身来："你们是从北方来的。是否看到其他人？"

那人一看到托瑞克的氏族刺青，不禁挑高了眉头。"我们这一阵子没有遇见狼族的人。"他说着转向芮恩，"你的年纪还这么小，不应该离开营区狩猎。"

芮恩并不喜欢听到这种话。"我们都已经十三岁了，而且我们有得到领袖的许可。"

"你们有没有看到其他人？"托瑞克忍不住插嘴。

"我有。"小男孩说。

"谁？"托瑞克赶忙问道，"你看到了谁？"

由于他表现得太过热切，男孩不禁往后退了几步。"我——我是去找小泼。"他伸手指一下身边的小狗，狗儿轻轻摇尾。"他喜欢追松鼠，可是迷路了。然后我看到了他们，拿着一个网子，他一直挣扎。"

他还活着，托瑞克心想，紧握住拳头，任由指甲刺入手掌心。

"他们长的什么样子？"芮恩说。

男孩往上伸直手臂，高过自己的头顶："好高大的一个人。另外一个也很高，脚有点跛。"

"那他们的氏族刺青呢？"托瑞克问，"或是氏族动物皮毛？不管是什么，有没有？"

男孩又被他吓了一跳。"他们都戴着帽子，看不到脸。"

托瑞克转向那个柳族男子："可以麻烦你带一个口信给芬·肯丁吗？"

"不管怎样，"柳族男子说，"你都应该亲自告诉他。乌鸦族的领袖很睿智，他知道如何应对。"

"没有时间了。"托瑞克说，"告诉他，有人捉走了狼。告诉他，我们要去把狼救回来。"

第二节

夜晚带来刺骨的寒雾，树林结满白霜，脚下的积雪嘎吱作响。已经半夜了，托瑞克疲倦得头晕目眩，他强迫自己继续往前。在月光下，捉走狼的那些人的脚印宛若一条蛇，蜿蜒向北，一直一直往北前进。

瞬息之间，七个巫师突然现身在他眼前，细长尖锐的影子割裂他的道路。**我们将统治森林**，他们低语的声音如此寒冷，更甚于北风吹来的白雪。**一切生灵都将在我们面前战栗。我们是"食魂者"**……

一只手碰触他的肩膀，他惊呼。

"怎么了？"芮恩说。

他眨了一下眼睛，只见七棵结霜的桦树发出闪光。"是梦。"

"梦到什么？"芮恩对梦很内行，她自己的梦境有时候甚至会成真。

"没什么。"托瑞克说。

她不相信地哼一声。

他们继续往前走，气息在冰冻的空气中化成轻烟。托瑞克揣测着那个梦的寓意，难道……狼失踪的事情是**食魂者**在幕后主使？但他们为什么要捉狼？

自从上个夏天暴发恶疾之后，芬·肯丁和所有开放森林里的氏族一一会面，并差人传话给森林深处、大海与深山中的各个氏族。食魂者却一直无影无踪，宛如冬眠的熊，然而，狼还是失踪了。

托瑞克觉得自己像走在无知与恐惧的风暴里。抬起头，只见庞然公牛"欧罗克"高悬夜空，他感受到那只冷酷的红眼充满恶意，一阵恐慌浮上心头。他已经失去了爸爸，现在连狼也不见了，是否他再也见不到狼了？是否他已经遇害了？

树林变得不再浓密，眼前出现一条冰冻的河流，交错着一地野兔的踪迹。河岸边干枯的铁杉向夜空伸出针刺的手指。一群森林野马受到惊吓，仓皇奔过结冰的河面，继而回头瞪视。它们的鬃毛像冰棍般竖立，而在它们有如月光的眼眸中，托瑞克仿佛看到了自己恐惧的倒影。

他的脑海中浮现出狼的身影：他消失前那壮美与骄傲的神情。托

瑞克在他还是幼狼时就认识他了，大部分的时间他都只是狼，很聪明、很好奇，而且出奇的忠诚。有时候他却是守护者与向导，琥珀色的双眸透出异常的坚定。但无论如何，他永远都是托瑞克的狼兄弟。

"我不懂的是，"芮恩打断了他的思绪，"他们为什么要捉走狼？"

"或许是陷阱，他们真正要的是我，不是狼。"

"我也是这么认为。"她的声音一沉，"或许……那些人把狼捉走，其实是想诱捕你，因为……"她有点迟疑地说，"因为你是心灵行者，他们想要夺取你的力量。"

他听了不禁胆战心惊。他一点儿也不喜欢当心灵行者，更讨厌她就这样随口说出来，感觉像是在揭他的疮疤。

"但倘若他们的目标真的是你。"她却坚持要谈，"为什么不干脆直接捉你？两个大男人，我们根本就打不过。所以，为什么？"

"我**哪知道**啊！"他怒气冲冲地打断她，"你为什么还要说？现在说这些又有什么用？"

芮恩不发一语地盯着他。

"我**哪知道**他们为什么要捉他？"他大声叫道，"我哪管得了这是不是陷阱？我只想把他救回来！"

耒

在那之后，两人没有再交谈。森林中的野马脚印杂陈，破坏了先前的足迹，他们顿时无法确定方向，这刚好给他们借口暂时分头搜寻。后来托瑞克终于找到了足迹，却也发现情势对他们更加不利。

"他们制作了雪橇。"他说，"虽然没有狗帮忙拉车，仍加快了他们下坡的速度。"

芮恩望着天空："云层很厚，我们应该搭一个帐篷，好歹休息一下。"

"你要休息就休息，我要继续走。"

她双手叉腰："你要自己走？"

"必要的时候我会自己走。"

"托瑞克，他也是我的朋友。"

"他不只是我的朋友。"他回嘴说，"他是我的狼兄弟！"他自己很知道，这话非常伤人。

"你以为，"她紧咬着牙根说，"这么草率就可以帮助他吗？"

他瞪了她一眼："我哪里草率？"

"没有吗？就在几步以前，他们其中一个人转身去追水獭的足迹。"

"什么水獭的足迹？"

"所以我说啊！你根本就已经累到昏头了！我也是！"

他明知她所言不假，却还是嘴硬不想承认。他们都不说话了，默默地找到一棵被暴风吹倒的云杉，挖掉底部的积雪，勉强搭成一个能睡觉的空间：用云杉的枝干加以覆盖，做成屋顶，并用雪鞋充当铲子，堆出一层厚厚的雪墙。最后，再找更多的树枝放进去，把鹿皮制的睡袋铺在上面。

好不容易一切准备就序，他们也已经累到筋疲力尽。托瑞克从火种袋里拿出打火石和一些抽丝的桦树皮，很快便把火生起来了。他可以找到的枯木只有云杉，虽然那很容易冒烟，而且味道很呛人，但他实在累坏了，懒得再跑到远处去找其他木材。

芮恩闻到烟味后不禁皱鼻，但她没有说什么。从背包里拿出一卷麋鹿肉，切成三份，一份放在帐篷顶，献给氏族的守护灵，一份丢给托瑞克，她把自己那份放回到食物袋里，随即拿起斧头和水壶。"我去河边。背包里还有肉，但不要碰那些越橘干果。"

"为什么？"

"因为，"她不耐烦地说，"那是要留给狼吃的。"

她走后，托瑞克勉强吃了一点肉，然后爬出帐篷，准备做祈灵的奉献。他先切下一段自己的黑色长发，绑在倾倒的云杉树枝上，然后

把手放在自己的氏族动物皮毛上——那块缝入他外套很多年的破旧狼毛。

"森林啊！"他祈求着，"请听我说。我以我的三个灵魂：名字灵魂、氏族灵魂，以及世界灵魂，请求您眷顾狼，千万不要让他受到伤害。"

当他完成祈灵的奉献，才发现另一根树枝上绑了一撮深红色的发丝，原来芮恩已经先他一步作出了祈求。这让他觉得很不好意思，实在不应该对她大吼大叫。

回到帐篷内，他拉掉雪鞋，钻进自己的睡袋，躺着看营火，嗅着麋鹿毛的霉味和云杉树枝燃烧的呛鼻味。远处传来猫头鹰的叫声，不是熟悉的灰色森林猫头鹰"咕咕"，而是一只鹰鸮的"欧——呼，欧——呼，欧——呼"。

托瑞克浑身颤抖。他听见芮恩嘎吱、嘎吱走过雪地的脚步声，就出声叫唤："我看到你作出祈求了，我也是。"

她没有回答，于是他又说："对不起，我不应该乱发脾气。我只是……反正，对不起。"

还是没有回音。他听到她的脚步声靠近帐篷，然后绕到后面。

他坐起身来："芮恩？"

脚步声乍停。他的心开始狂跳，那不是芮恩。他尽可能不出声，悄悄钻出睡袋，穿上靴子，伸手去拿斧头。

脚步声再度靠近。无论那是谁，俨然已经近在咫尺，只隔着一层薄薄的云杉。一下子寂然无声了，然后托瑞克听到格外响亮的呼吸声，像是有痰卡住似的咕噜声。

他全身起鸡皮疙瘩，回想到上个夏天的恶疾受害者：他们的眼神散发着杀意，喉咙里咕噜作响的浓痰……他想到芮恩独自在河边，于是慢慢爬向帐篷口。乌云蔽月，黑夜凄然，一阵腐臭味袭来，之后再度传来咕噜的呼吸声。

"你是谁？"他对着黑暗叫道。

呼吸声顿时停住，四周陷入绝对的寂静，不知名的生灵悄悄潜伏在黑暗中。托瑞克蹒跚着爬出帐篷，站起身来，双手紧握着斧头。浓烟刺痛他的眼睛，但就在一瞬间，他瞥见一个巨大的身影没入树影之中。

后方传来呼喊。他急忙转头，看到芮恩从树林那边跌跌撞撞地跑过来。"在河边！"她喘着气说，"好臭，好恐怖！"

"它刚才来了。"他对她说，"很靠近，我听到了。"

他们两人背对背，眼睛盯着森林。无论那是什么，都已经远去，只留下一股腐臭味和回荡在空中的浓痰呼吸声。恐惧使人彻夜难眠，他们把火生旺，坐在一起等待黎明。

"你觉得那是什么？"芮恩说。

托瑞克摇摇头："我只知道，如果狼在我们身边，那东西就不可能靠近。"

他们盯着火花。狼不在，他们不仅失去了一位挚友，更失去了一个守护者。

第三节

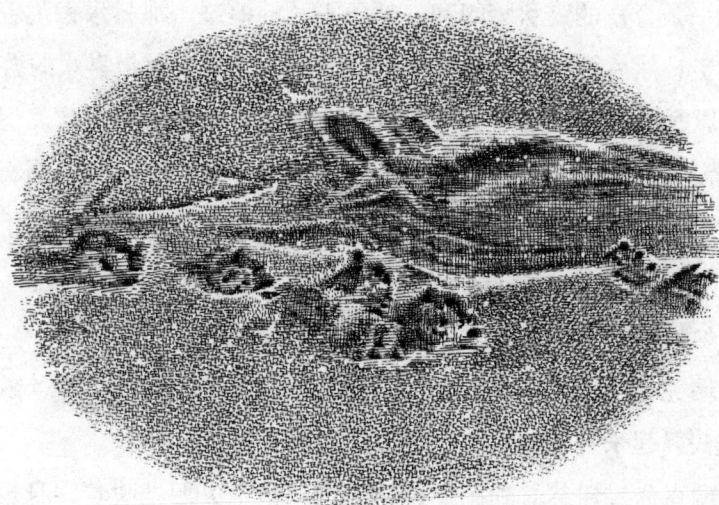

一夜平静无事，但他们在早晨时发现了足迹，很大，像是成年男人的，但没有脚趾头。这些足迹看起来一点都不像是那些捉走狼的坏人所穿的靴子留下的脚印，但他们是往同样的方向前进的。

"现在他们有三个人了。"芮恩说。

托瑞克没有回话。他们别无选择，唯有继续跟踪。天空降下大雪，森林里阴影丛丛，他们跨出的每一步都战战兢兢，很怕突然有什么东西扑过来：厉鬼，食魂者，或是那些背部像腐木般掏空的隐形人……

起风了，托瑞克看到白雪吹拂着地面上的脚印，越发担心狼的安危。"如果风一直这样吹，到时候会找不到脚印。"

芮恩仰头望着空中一只飞过的乌鸦："如果可以拥有它的视力就好了。"

托瑞克若有所思地盯着天空中的那只飞鸟。然后他们开始穿越一片沉静的白桦树林，进入另一个山谷。

"你看，"托瑞克说，"你的水獭比我们早一步到了。"他指着雪地上一条直直的蹼状脚印和一长条平滑的痕迹。那只水獭跳着往斜坡那边走，然后用肚皮着地，整个滑下去，这是水獭最喜欢的游戏。

芮恩露出微笑，她的脑中浮现出一只快乐的水獭在滑雪。但那只水獭并没有到达位于山丘底的冰湖，在距离岸边约二十步的圆石背风处，托瑞克发现了一堆散落的鱼骨和一条生皮绳。"被他们捉了。"他说。

"为什么？"芮恩说，"水獭也是猎者。"

托瑞克摇头不语，这一切真是匪夷所思。突然间，芮恩紧张起来。"快躲起来！"她低语，把他拉到圆石后方。

托瑞克透过树林看到湖上有动静：一只生灵四处嗅着，身躯摇摇摆摆，正在寻找……他很高，杂乱的皮毛。托瑞克闻到腐臭味，听到咯痰的呼吸声，然后那东西一转身，他宛如树皮的脏污脸庞只有一只眼睛。托瑞克忍不住低声惊呼。

"怎么会？"芮恩低语。

他们四目交接。"是'行者'！"

他们曾经在去年秋天遇见过这个恐怖的疯狂老人，而且险些性命不保。

"他怎么会离自己的山谷这么远？"托瑞克小声地说，两个人在圆石后方拼命压低身子。

"问题是我们要怎么躲过他？"芮恩嘘声说。

"或是干脆不要躲。"

"什么？"

"或许他曾经看到是谁捉走了狼！"

"难道你忘了？"她仍然低语，但已然怒不可遏，"我们差一点就死在他手里。他把我的箭袋扔到溪里，还威胁要折断我的弓。"

"但他并没有，不是吗？"托瑞克反驳说，"他还是放我们走。而且，芮恩，如果他真的看到了呢？"

"难道你要直接去问他？托瑞克，他是疯子！他说的话能信吗？"

托瑞克正要张嘴回答，周遭的白雪唰一声爆开。

"还给我！"行者咆哮，挥舞着他的绿色石板刀。"他拿了我的火！他骗了我！我要拿回来！"

𰀁𰀂

"我骗了那些骗子！"他怒吼着，逼得他们紧贴着圆石。"现在他们要将它还回来！"

他的满头乱发就像一撮须状青苔，骨瘦如柴的身躯像盘根错节的树根，塌陷的鼻梁和掉光牙齿的嘴巴里冒出绿色的黏液泡沫。他把斗篷留在冰地上骗过了他们，现在的他几乎全身赤裸，只在腰间裹着一块脏布，脚上绑着发霉的树皮，还有一件红鹿皮制的发臭背心，那是他从鹿尸上剥下来的，而且完全没有清理过。红鹿的尾巴、四肢上的蹄子就这样挂在身上，随着他不断挥舞石刀而剧烈晃动。

"他拿走了它！"他大声吼着，溅了他们一身的黏液，"他骗了我！"

"我，我什么都没有拿啊！"芮恩结结巴巴地说，不忘把弓藏在自己背后。

"你不记得我们了吗？"托瑞克说，"我们什么都没有偷！"

"不是她！"行者狰狞地说，"是他！"一只像鳗鱼般滑溜的手忽然闪出来，捉住托瑞克的头发，把他往后扯，武器都丢到了雪地上。"歪斜的那一个！"行者的口气腥臭无比，熏得托瑞克的眼睛睁不开。"他的错，纳瑞克不见了！"

"可是我们什么都没做！"芮恩出声央求，"快放开他！"

"斧头！"行者的口沫横飞，充血的红色眼睛瞪视着她，吓得她不敢动弹。"刀子！箭！弓！全丢到雪地上，快快快！"

芮恩乖乖照办。行者用刀子抵住托瑞克的喉咙，让他无法出声。"你把你的火给我。"他怒吼道，"否则我就割断狼族少年的喉咙！我肯定会，不骗你！"

托瑞克的眼前开始出现黑色斑点。"芮恩……"他快喘不过气来，"快拿……"

"拿去！"芮恩叫道，仓皇摸出她的火种袋。

老人敏捷地接住袋子，把托瑞克推到地上。"我有火了！"他兴高采烈，"美丽的火！现在我可以去找纳瑞克了！"

现在应该是逃跑的好机会，托瑞克知道，芮恩也知道，但他们一动也不动。

"歪斜的那一个。"托瑞克在喉咙里重复行者先前的话。

"那是谁？"芮恩说。

老人把头转向她，她匆忙避开他身上甩过来的一只鹿蹄。"可是我是疯子。"他冷笑一声，"我说的话能信吗？"

他边说边抓起一只鹿蹄，吸食化脓的皮毛。"歪斜的那一

个……"他喃喃诉说，"并不孤单，嗯，不，不是。扭曲的脚，飞奔的思绪。"他叫喊着，差一点喷了托瑞克满脸的口水。"就像一棵树那么大，压碎那些小生灵，那些滑的和跑的，都无从抵抗。"他毁坏的容颜闪过一丝苦痛。"更坏的是——"他低语，"戴面具的，是所有恶人中最残酷的。"

芮恩惊恐地看了托瑞克一眼。

"但是我跟着。"老人嘘声说道，"嗯，没错，我在冰冷中倾听！"

"他们去哪里了？"托瑞克问道，"狼还活着吗？"

"我不知道什么狼！他们在寻找空无一物的土地！最北边！"他用干枯的手抚摸着自己喉头上满是陈年污垢的氏族刺青。"你先是觉得好冷，然后又不冷。然后你觉得很热，然后你会死。"他的眼睛盯着托瑞克，继而露齿一笑：**"他们将要打开大门！"**

托瑞克一阵心惊："什么门？在哪里？"

老人大吼一声，用拳头击打自己的前额：**"可是纳瑞克在哪里？**他们捉住它，捉住它了，然后纳瑞克不见了！"他说完转身，往冰湖那边蹒跚走去。

托瑞克和芮恩交换了一个眼神，然后捡起自己的武器，追了上去。

到了冰湖，行者重新披上他破旧的斗篷，继续嗅着气味搜寻。他其中一只脚的绑布松了，被强风吹走。托瑞克赶紧帮他捡回来，一看老人的脚，不禁退避三舍。那只脚已经发黑，被冰霜冻坏了，完全没有脚趾。

"怎么回事？"

行者不以为然地耸耸肩："这就是没有火的结果。它咬了我的脚趾，所以我就切掉了脚趾。"

"什么东西咬的？"芮恩说。

"就它啊，它！"他在风中挥舞着拳头。

突然间，他的表情完全判若两人，托瑞克仿佛看到老人在丧失一只眼睛与神智之前的风采。

"永不停歇的风，或许即将休止，所以才会生气，才乱咬我的脚趾。"他咯了几声。"唉呀，它们实在很难吃！连我都吃不下去！只好吐出来，留给那些野狐去吃。"

托瑞克不禁作呕，芮恩赶紧用双手捂住他的嘴巴。

"所以现在我一直摔倒，但我还是要寻回我的纳瑞克。"他说着把整个拳头塞入那只空洞的眼眶里。

纳瑞克——托瑞克心想：那只老鼠是老人心爱的同伴。"他们也把纳瑞克捉走了吗？"他决定要让行者继续说话。

行者悲伤地摇头："纳瑞克有时候会跑掉，但它每次都会回来，换上新的毛皮。这次却没回来。"

"新的毛皮？"芮恩不禁纳闷。

"对，对啊！"行者暴躁地说，"旅鼠、田鼠、老鼠……不管它是什么，一样都是纳瑞克。"

"哦。"芮恩说，"我懂了。新的毛皮。"

"但这次……"行者悲伤地垂下嘴角，"纳瑞克没有回来！"他匆忙跑过冰湖哀嚎，呼唤他的养子。

他们几乎是有点不情愿离开他，但还是回到冰湖另一边的树林。

"他现在有火了，应该会好一点儿。"芮恩小声地说。

"不见得。"托瑞克说，"他没有纳瑞克。"

她叹了一口气："纳瑞克恐怕早就死了，被猫头鹰捉去当晚餐了。"

"那么他需要另外一只纳瑞克。"

"他会找到的。"她勉强露出微笑，"一只有新毛皮的。"

"但是他要怎么做？他只有一只眼睛，要怎么追踪老鼠？"

"走吧，我们应该赶路了。"

托瑞克有点迟疑。太阳已然低垂，在强风的吹拂下，脚印逐渐消

失。他真的很同情行者，这个腥臭、愤怒而且疯狂的老人好不容易在生命中拥有一丝温暖——他的纳瑞克，他的养子——而今却连这一丝温暖也被剥夺了。

芮恩还来不及阻止，托瑞克已经丢下行李，回头跑向湖边。老人并没有抬头，托瑞克也没有说话，他只是低头搜寻足迹。没多久他就找到了一个旅鼠洞穴，他先看到旅鼠的脚印，跟踪它们到岸边的柳树丛，然后他蹲下来倾听，地底下传来旅鼠抓痒的细微声响。

旅鼠避寒的洞口外部宛如雪地上突起的小刀，看起来很像小型獾穴。他在雪地上一一检视，终于找到一个镶着一圈小冰尖的洞口，那是里面有旅鼠的象征——它吐出的气息被冻结成冰。他先用两小根柳枝交叉放在洞口作记号，然后跑去找老人。

"行者！"他柔声叫唤。

老人旋即转身。

"纳瑞克，他在那边。"

行者先是斜眼看他，然后跟着他走到托瑞克作记号的小洞口。托瑞克在一旁看着，行者跪下来，开始异常温柔地清理洞口积雪——往下拨开所有的雪片。洞里有一只约略只有托瑞克掌心大小的旅鼠，正躺在干草堆的睡床上，黑橘相间的身躯规律地起伏着。

"纳瑞克——"行者柔声呼唤。

旅鼠惊醒过来，站起身子，发出威吓的嘶声，企图吓走不速之客。行者露齿一笑，伸出脏兮兮的大手。旅鼠全身的毛都膨胀起来，再度发出嘶声。行者不为所动。旅鼠坐下来，伸出后腿用力搔着耳朵，然后摇摇晃晃走进那只皮革般的温柔大手，蜷曲身子，继续睡觉。托瑞克默默离开，让他们两个相处。

回到岸边，芮恩把武器和背包交给他。"你做了一件好事。"她说。

托瑞克先是耸耸肩，然后露齿微笑："自从我们上次见过它之后，纳瑞克长大了不少，它现在是一只旅鼠了。"

她笑了。

他们没走多久就听到冰上传来急促的脚步声，只听见行者生气地喃喃自语。

"啊，大事不妙！"芮恩说。

"可是我明明帮了他！"托瑞克说。

"给予？"行者咆哮，他一只手挥舞着刀，另一只手把纳瑞克捧在胸前。"你们难道以为可以任意给予，然后不求回报？你们难道以为我是一个不懂得礼数的人？"

"行者，我们很抱歉。"托瑞克说，"但是……"

"有礼物就必须有回馈。这才是正道！现在我必须回馈！"，

托瑞克和芮恩不知所措，不晓得他接下来会做什么。

"黑冰……"行者喘着气说，"白熊，红血！他们在寻找毒蛇之眼！"

托瑞克屏息以待："那是什么？"

"嗯，你会找到的。"行者说，"那些雪狐会告诉你。"

突然间，他宛如一棵风中倾倒的树，他弯着腰，睿智的眼神凝望着托瑞克，他显然正强忍深刻的痛苦，让托瑞克的灵魂不禁受到牵引。"要进入眼睛……"他喘着气说，"就是进入黑暗！你会找到出来的路，狼族少年。一旦你进去了，就永远不再是完整的，你的某一部分将被永远困在底下，困在黑暗的深渊。"

第四节

黑暗悄悄降临在森林里，狼却丝毫没有察觉，因为他早已深陷在自己愤怒、痛苦与恐惧的深渊中。他尾巴的末端在打斗的过程中被猛踩了好几下，至今仍疼痛不堪，前额也被那冰冷的巨爪咬伤。他全身动弹不得，因为被绑在一棵下滑的怪树里，那些无尾（狼眼中的人类）在雪地上拉着这棵树前进，他甚至没办法稍微挪动身子去舔舔伤口。有一块皱巴巴的鹿皮紧压住他，他从未见过这种皮毛，上面有很多洞，却远比公牛的脚骨更强韧。

他的内心在怒吼，拼命要挣脱束缚，但越是挣扎，越是让那怪皮困住了口鼻，这是最糟的部分，他甚至没办法咆哮或嚎叫。明明听到"无尾高个子"（狼眼中的托瑞克）在呼唤他，却无法出声响应，他心里真的好着急。

他的脑海浮现出鲜明的画面："无尾高个子"和"无尾女孩"（狼眼中的芮恩）在后面追寻。他们来了，狼知道，就像对自己的气味一样确定。"无尾高个子"是他的狼兄弟，而一只狼永远不会离弃他的兄弟。

问题是，"无尾高个子"找得到他吗？他确实很聪明，但并不是很善于寻找，因为他不是正常的狼。他闻起来是狼（虽然还夹杂许多其他味道），他讲的也是狼语，就算他无法发出最高音的吠叫。他拥有一双明亮的银色眼睛，以及一只狼的精神，但他只用后脚走动实在太缓慢，而且捕捉气味的能力也很差。

突然间，滑动的树摇晃一下停住了，狼听到那些无尾粗声的吠叫，然后就是他们在雪地上筑巢的嘎吱声。和狼绑在同一棵滑动怪树上的水獭醒了，在后面发出可怜兮兮的呜呜声，它一直叫个不停，最后狼实在受不了了，只好用下巴去推它，希望它能够闭嘴。

他听到一只无尾从后面靠近。他的身子被压得很低，无法转身看个究竟，但他嗅到鱼的气味。水獭终于停止叫嚷，开始发出咬食的声音。谢天谢地。

在几步远的地方，火被点燃了，狼看到无尾们聚集在火边，这些

无尾真让他百思不解。在此之前，他以为自己相当了解这类生灵，至少他了解那些和"无尾高个子"同奔的乌鸦族无尾。但现在这些无尾真是坏透了。

为什么他们会攻击他？无尾从来就不是狼的敌人。狼的敌人是熊和山猫，它们会潜入狼窝残杀幼仔，但无尾不会。当然，狼以前也遇到过一些坏无尾，就算是好无尾，也不喜欢狼太过靠近他们的肉，因而难免出声威吓。但像他们这样毫无预警地偷袭，没有任何一只真正的狼会作出这种事情。

狼全神贯注地凝视那群围在火堆边的坏无尾。他转动被压住的双耳，以便倾听；他嗅着，试图理出他们所散发的混杂气味。

那个瘦小的雌性闻起来像嫩叶，但是她的舌头是黑的，而且像毒蛇一样尖，而她歪斜脸上的笑容空洞无比，就像被乌鸦啃咬过的腐尸。

另一个雌性的体型较大，后腿扭曲，很聪明，但是狼感应到她并不确定自己在群体中的位置，甚至不确定自己的想法。在她原先的外皮上还覆盖了一层腥臭的毛皮，狼当初就是被这种腥臭的奇怪猎物引诱入洞。

最后，是一个巨大的雄性，头顶和嘴上都留着很长的白毛，他呼出的气息就像云杉的血一样呛鼻。他是最坏的，因为他喜欢伤害，他猛踩狼的尾巴时还放声大笑，更过分的是，他还用冰冷的巨爪刺狼的脚掌。

那个白毛的无尾忽然站起身，朝狼这边走过来。狼被绑住的口鼻发出闷闷的怒吼。

"白毛"露出牙齿，拿出他那只巨大的爪子，靠近狼的口鼻。

狼不由得心惊。

"白毛"笑了，狼更是胆寒。

但这是怎么回事？狼的口鼻自由了！"白毛"居然用爪子切开了困住狼口鼻的鹿皮！狼逮住机会想伸展筋骨，但鹿皮仍困住他的身体，他甚至无法抬起下巴，更别提想咬开鹿皮了。

另一个无尾过来了，是披着腥臭皮的雌性。"白毛"又猛戳狼一下，但"臭皮"对他怒吼，"白毛"用力瞪她，让她知道谁才是老大，然后就走开了。

"臭皮"蹲在狼的身边，拿出一片麋鹿肉干塞进困住他的鹿皮里。狼故意不理她，这些无尾以为他那么好骗吗？他们把他当成一条狗了吗？随便给块肉就吃？"臭皮"两只前掌一摊，就走开了。

现在轮到那个舌头像毒蛇的雌性离开火堆，往狼这边走过来。她蹲坐在一旁，柔声对狼说话，就算他不想听也没办法。她的声音让他联想到"无尾高个子"的狼群姐妹——芮恩，她讲起话来很尖锐，也很聪明，但其实很温柔。当他听着"蛇舌"雌性说话，可以感应到她并不怕他，而是非常好奇。

她随后伸出前掌，令他不寒而栗，幸好她并没有碰触他。他只觉得侧边凉凉的，他的胡须不禁开始抖动，原来她竟然在用麋鹿血涂抹他的皮毛！那鲜血的美味真是令他垂涎欲滴，顿时让他忘记一切。经过一番内心交战，他终于扭过身子，开始舔舐。

他知道那只雌性的行为很不寻常，她的声调也让他格外警惕。但他就是无法抗拒，完全臣服于鲜血的美味之下，麋鹿的力量渗透到他的四肢。他继续舔着。

狼变得非常疲倦，脑海里有一团黑雾，眼睛根本睁不开，仿佛被一块巨石压住。

在黑雾之中，他隐约听见"蛇舌"雌性狡猾的轻盈笑声，他知道自己被她骗了。她喂他吃的麋鹿血是坏的，而今他已然深陷黑暗之中。

雾越来越浓，恐惧的尖牙紧咬着他不放。随着内心的悸动，他用意志力对"无尾高个子"发出一声沉静的狼嚎。

第五节

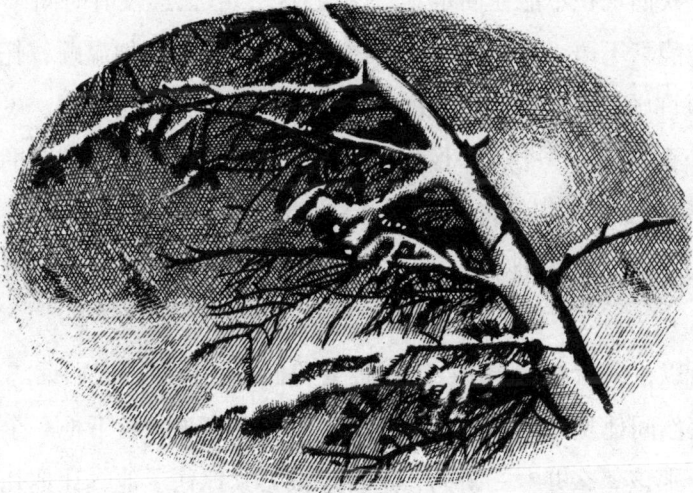

"你害怕吗？"托瑞克说。

"怕。"芮恩说。

"我也是。"

他们正站在森林的边界，就在最后一棵——真的是最后一棵——树底下。眼前是一片苍茫的大地，孤立在一望无际的天空下，唯一的生命迹象是些许零星散落、险些被强风击垮的云杉。他们已经走到所有森林氏族不曾抵达的极北之地，除了芬·肯丁，听说他年轻的时候曾经旅行到极地的冻原。

遇到行者之后的两天内，他们总共穿越了三座山谷，并且远远看到高山脚下的冰河闪烁，上个冬季，乌鸦族曾经在此扎营，而托瑞克前去寻找"世界灵"栖息的圣山。他们就这样站着，任凭北风刮痛脸庞，凝视着雪地上的踪迹：那些捉狼的坏人拉着雪橇，留下一长条有如残酷刀疤的轨迹。

"我不认为我们可以独力办到。"芮恩说，"我们需要帮手，我们需要芬·肯丁。"

"我们现在不能往回走。"托瑞克说，"已经没有时间了。"

她静默不语。自从遇到行者之后，她显得异常的温顺，托瑞克心想，或许她也在想那个孤独的老人话中的含义：**扭曲的脚，飞奔的思绪……歪斜的那一个……像树一样巨大**……这些话在托瑞克的脑中不断回荡，呼应着芬·肯丁关于"食魂者"的说法，但他实在开不了口。怎么可能会是他们？如果是他们，直接捉他就好了，何必要捉狼？

所以，最后他只能说："狼需要我们。"芮恩没有回话。

突然间他觉得很害怕，万一她忽然转身离去，留下他一个人独自向前，那该怎么办？一瞬间，这种恐惧紧紧抓住了他，让他几乎喘不过气来。他看着她的一举一动，只见她先是拍拍弓上的雪花，然后把弓背在肩上。他已经做好了最坏的打算。

"你说得对。"她忽然开口，"我们走吧。"

然后，她头也不回地走出树荫。他跟着她，一起走进那片空虚的大地。

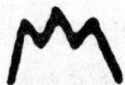

M

一走出森林，他们直接感受到天空的压迫，北风吹来的雪花不断刺痛着他们的脸庞。

在森林里，托瑞克一向感觉得到风，那是猎人应有的本能。除非发生暴风雨，否则风本身是无害的，因为森林会发挥阻挡的力量。但是在这里，他们失去了一切的遮蔽，风显得如此强劲、如此冰冷、如此狂暴，宛若一个隐形的恶灵，正在尽情欺凌这两个弱小的不速之客。

他们行经之处，树木变得越来越少，也越来越小，到后来只偶尔看见一些高度及膝的柳树或白桦树，接下来就空无一物了。没有任何绿色植物、没有任何猎者，也没有任何猎物，唯有苍茫的白雪。托瑞克转身，惊觉森林已经变得如此渺小，宛如地平线上的碳笔素描。

"这里是世界的尽头。"芮恩在风中拉高声音喊着，"究竟还要走多久？我们会不会掉下去？"

"如果真的是世界的尽头。"托瑞克说，"那些捉狼的坏人会先掉下去。"

令他意外的是，她做了一个鬼脸。

白天慢慢过去，这里的积雪比森林里的结实，所以他们并不需要穿雪鞋，但是由于北风长期的侵袭，造成许多坚硬的冰脊，害他们一直摔倒。

突然间，北风停了，然后吹起了温柔的东北风。刚开始他们真的松了一口气，然后托瑞克发现了更恐怖的真相，他看不见自己的脚了，原来他正站在一条冰河上，只见小腿周遭有许多鬼魅般的雪水慢慢流过，宛如缕缕轻烟吹过，抹去一切踪迹。

"风，风掩盖了足迹！"托瑞克吼道，"它明明知道我们需要脚印，所以就故意毁了它们！"

芮恩跑到前面去看是否仍有残余的痕迹。只见她双手一摊："没有！就算是你也找不到！"当她往回跑的时候，他看到她脸上的表情，整颗心往下沉，他知道她接下来要说什么，因为他心里也是这么想的。

"托瑞克，我们错了！我们无法在这个地方活下去，我们必须往回走。"

"可是还是有人住在这里啊，不是吗？"他依然嘴硬，"冰族的人、独角鲸族、雷鸟族、白狐族，芬·肯丁不是说过吗？"

"他们懂得此地的生存之道，我们不懂。"

"但是，我们有很多干肉和柴火。我们可以靠北极星找到方向，我们可以用划开一条缝的树皮绑住眼睛，以免雪盲，还有，这里有猎物，有柳鸡，嗯，还有野兔。当初芬·肯丁也是这样活下来的。"

"若是柴火用完了呢？"芮恩说。

"芬·肯丁说可以用柳树，那种只长到脚踝高的柳树，而且还可以……"

"你现在看到柳树了吗？全部埋在雪堆里了！"她的脸色非常苍白。

他知道当她说这些话的时候，她心中的恐惧已经达到极点。氏族之间不时流传着极北之地的故事：风雪如此强劲，会将一边尖叫的你卷上天空；巨硕的白熊比森林里的任何灰熊都来得更为巨大与凶狠；雪崩会把你活埋，这点芮恩的感受特别深，因为在她七岁的时候，她的父亲到斧头湖东边的冰河探险，从此一去不回。

"我们不可能独自办到。"她说。

托瑞克伸手抹了一下脸："我同意。至少，今晚我们应该先扎营。"

她看起来稍感放心："那边有山丘，我们可以挖个雪洞。"

他点点头："然后，我一定设法找出踪迹。"

"你这话是什么意思？"她不安地问。

他有点迟疑："我要让灵魂行走。"

她吃惊地张大嘴巴："托瑞克，不可以。"

"听我说，自从我们看到那只乌鸦飞过，我就一直在心里盘算：我有能力让灵魂行走到一只鸟的身体里，这点我很确定。如此一来，我就可以飞高望远，也就不难看到踪迹了。"

芮恩双手交叉在胸前："会飞的是鸟，不是你。"

"我不必飞。"他说，"我的灵魂会在一只鸟的身体里面。假设是一只乌鸦，那么，我就可以透过乌鸦的眼睛去看，透过它的感觉去体会，但我仍旧是我。"

她先是来回踱步，继而转身面对他："莎恩觉得你的情况还不是很稳定。她是氏族的巫师，她知道这类事情。"

"我上个夏天就做过。"

"那是意外！而且很难受，你根本无法完全控制！托瑞克，万一你的灵魂困在里面，就永远出不来了！那你自己的身体怎么办？只能躺在雪地里，靠着留守的世界灵魂来苟延残喘。"她的声音颤抖，两颊发红。"你会死，这怎么可以？难道你要我坐在雪地上眼睁睁地看着你死？"

他顿时哑口无言，因为她所说的每一句话都属实。于是他直截了当地说："我需要你帮我找一只乌鸦来，我需要你帮我释放我的灵魂，你到底帮不帮我？"

第六节

"首先，"托瑞克说，"我们必须引来一只乌鸦。"他刻意停顿，等待芮恩的回应。但她只是埋头挖着雪洞，而且动作特别粗暴，表明了完全不想理他。

"我注意到森林边缘有一个鸟巢。"他说。

她挥出斧头，雪花四溅。

"约一天的路程。"他接下去说，"但他们很可能会在附近觅食，而且我有诱饵。"

她的斧头停在空中："什么诱饵？"

他从背包里摸出一只松鼠："我昨天去装水的时候射来的。"

"你早有预谋！"她厉声指责。

他盯着那只松鼠："嗯，我觉得应该用得着。"

芮恩继续砍雪，越发用力。托瑞克把松鼠摆在离雪洞约二十步远的地方。当名字灵魂和氏族灵魂必须离开他的身体时，不用花太久时间就可以进入乌鸦的身体。至少他是这么希望的，他不确定这是否会奏效，因为他自己对于灵魂行走的事情也是一无所知，没有人真的知道。

他拔出刀子，划开松鼠的肚子，然后站开一点，研究整个形势。

"这样没用的。"芮恩叫道。

"至少我在努力。"他回嘴。

她用手套背面擦拭额头。"不是！我是说你的布置有问题。乌鸦没有那么笨，这样一看就知道是陷阱。"

"哦。"托瑞克说，"对啊，说得也是。"

"你要把它弄得像是平常的猎物死尸，那才是它们要的，被猎杀剩下来的残肉。"

他点头，并着手布置。芮恩忘了先前的极力反对，开始插手帮忙。他们用她的肩骨刮刀划开松鼠的肝脏，混上一些雪，泼洒在周遭，模拟血溅四处。然后托瑞克割掉松鼠的一只后腿，丢到旁边。"这样看起来就像被一只狼拖到旁边安静食用。"

芮恩审视眼前的"猎杀现场"。"像样多了。"她说。

影子逐渐化为蓝色，强劲的北风回家了，只剩阵阵微风吹送，片片雪花掉落到松鼠的尸身上。托瑞克说："乌鸦应该回巢歇息了，就算会来，恐怕也要等到明天早上。"

芮恩冷得直发抖。"虽然好像不太可能，但根据芬·肯丁所言，这边会有白狐出没，所以我们必须守夜，以免诱饵被吃了。"

"而且不能生火，不然乌鸦会闻到。"

芮恩紧咬着嘴唇："你知道你不能吃东西吗？想要进入出神的状态，就必须禁食。"

托瑞克其实已经忘了。"那你呢？"

"我会趁你不注意的时候吃，然后我会开始制造释放灵魂所需的药糊。"

"你有材料吗？"

她拍了一下药袋说："我在森林里采集了一些。"

他嘬着嘴说："原来你早有预谋。"

但她没有笑："我有预感会用得到。"

天空渐渐暗下来，星辰在天空闪烁。"等待黎明。"托瑞克喃喃自语。

这将是漫漫长夜。

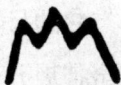

托瑞克蜷缩在睡袋里，想让自己的身体停止颤抖。他整晚都在发抖，已经无法再忍耐下去。他从雪洞的缝隙看出去，只见半月悬空，黎明应该不远了。天空无云，也无乌鸦。

他的一只手里握着一片桦树皮，包着芮恩特制的释灵药糊：鹿脂和药草的混合，只等她一声令下，他就得把这些药糊涂到脸上。他的另一只手里握着一个用鹿腱盖紧的生皮袋，芮恩所说的"烟方"正在里面闷烧，当他询问那是什么东西的时候，芮恩只说了一句："你最好不要知道。"他也就不再多问。芮恩一向很有学习巫术的天分，但基于种种因素，她一直抗拒成为巫师，施行巫术让她的心情很不好。

他的肚子饿得咕咕叫，她用手肘轻轻撞他，他耐住性子没有撞回去。他简直就快饿昏了，如果乌鸦再不来的话，他恐怕就要把那只充当诱饵的松鼠给吃了。

东方的地平线出现一道稀薄的红光，同时有一个黑色的身影划过群星而至。芮恩又撞了他一下。

"我看到了。"他低语。

另一只黑色身影紧跟其后，是一对乌鸦伴侣，它俩比翼双飞，在残余剩肉的上空盘旋，然后就飞走了。过了一会儿，它们又飞过来，这次飞得比上次低。等它们第五次飞过时，已经靠得非常近，托瑞克可以清楚地听到它们振翅的声响："刷！刷！刷！"的强烈节拍。

他看到它们的头转向彼此，越来越往地面靠近。他很高兴自己先把行李埋在雪洞旁边，芮恩把雪洞挖成一个不起眼的隆起，只留一个缝隙来呼吸和观察。乌鸦是所有鸟类中最聪明的，它们的感官就像绿草一般敏锐。

黄色的火球顿时照亮世界的尽头，但乌鸦仍在盘旋，在"猎杀现场"上空观望。突然间，其中一只收起了翅膀，开始降落。托瑞克把两只手套脱掉，准备就绪。

那只乌鸦悄悄降落雪地，当它的目光盯着他们的雪洞时，它口中的气息形成轻烟。它的翅膀完全伸展开来，恐怕比托瑞克的两只手臂还要宽，而且是全黑的。它的眼睛、羽毛、双脚、爪子都是黑的，宛如传说中的第一只森林乌鸦，在远古时期把太阳从冬眠中唤醒，忍受热焰焚身的痛苦，所以才会通体漆黑。

不过，眼前这只乌鸦对松鼠比较感兴趣，它小心翼翼地靠近，两只脚以僵直的步伐前进。

"现在吗？"托瑞克捂着嘴说。

芮恩摇头。

乌鸦刺探性地啄了一下松鼠的尸身，然后突然跳得很高，再度落地，继而飞走。原来它想先确定那只松鼠是不是真的死了。尸身当然一动也不动，于是两只乌鸦一起飞下来，谨慎地走向松鼠。

"**现在！**"芮恩捂着嘴说。

托瑞克赶紧把药糊抹在脸上，呛鼻的味道刺痛他的眼睛，紧接着他打开药袋，吸入里面的烟。

"全吞下去。"芮恩在他耳边低语，"**不可以咳嗽！**"

烟味非常呛鼻，托瑞克几乎无法抑制咳嗽的冲动。他感觉到芮恩的气息吹到他的脸颊："愿守护灵与你同飞！"

他头晕目眩地看着乌鸦啄食冰冻的内脏，自己的五脏六腑却在翻搅，瞬间感到惊慌不已。**不要，不要，我不想要……** 突然间，他发现自己正用强而有力的鸟喙拖出松鼠的内脏，把冰冻的鼠肉撕成碎片。他迅速将肉填满自己的喉袋，然后啄出鼠眼，在舌间品味它那滑溜的口感，他振动双翅，乘风而上，飞进光亮的天空。

寒风刺骨，超乎想象地强烈，但他心中充满了喜悦，于是他越飞越高。他爱极了冷空气在羽翼下打旋的冰冷触感，以及鼻孔里的冰块味道，还有风的狂野笑声呼啸过他的身躯。他爱极了那种轻盈自在的感受，只需倾翼、稍作转折，就可以乘风高飞。他爱极了这双美丽黑翅的力量！

一声滑顺的"刷"，他的伴侣就在身边，她折起翅膀在风中翻滚，然后优雅地摆动一下尾巴，邀请他在空中共舞。她跟在他身后滑翔，冰冷的爪子与他相握，一起收翅往下俯冲。他们急速飞过呼啸的冷空，黑羽和艳阳在光影中交错，他们在速度中欢欣鼓舞，偌大的白色世界迎接着他们。

他们充满默契地同时松开紧握的双爪，他展开双翅，迎风而去，再度高飞，迎向艳阳。以这双乌鸦的眼眸，他可以看得好远好远：遥远的东方，有一只白狐的渺小身影在雪地中漫步；南方是幽暗的森林边缘；往西方望去，他看到海洋里缓缓回旋的冰山；至于北方，他看到两个身影在雪地上。他惊呼一声，急追上前。

"呱！"他的伴侣一时受到惊吓，出声呼唤。

他丢下她，目标是底下浮动的白色大地。等他飞近一点之后就开始俯冲，然后将眼前所见的景象深植心中，巨细靡遗。他看到两个身影在拉一个雪橇，他看到狼被绑在雪橇上，动弹不得。他努力捕捉狼的一举一动，想看看他的脚掌是否有一丝抽动，只要能够证明他还安然活着就好。

这时候，那个魁梧的男人拉掉外套上的帽子，松开背心，释放热气，他看到男人胸骨上的蓝黑色刺青，赫然是一支捕捉灵魂的三叉耙子——那是"食魂者"的记号。他的乌鸦喙不禁发出一声惊恐的"呱"！

食魂者——食魂者捉走了狼。

他再度往高处飞翔，阳光顿时令他目盲。强风狂暴地旋转，将他吹开，他的勇气顿时有如脆冰被击破般溃散。风得意地狂笑，他的五脏六腑一阵剧痛……他又变回托瑞克，从天空上掉落下来。

第七节

托瑞克在充满幽暗蓝光的雪洞中醒来，耳边回荡着风灵愤怒的狂笑声。芮恩一脸惊恐，跪坐在他的身边。"啊，感谢神灵！我已经呼唤你一整个上午了！"

"一整个……上午？"他喃喃说，只觉得浑身软绵绵的，像是一块弹性不好的生皮。

"现在已经中午了。"芮恩说，"究竟发生了什么事？你的身体躺在雪地上睡觉，眼睛却往内翻，好恐怖！"

"掉落……"他说，每吸一口气，肋骨就剧痛难当，仿佛每个关节都在呼救。幸好四肢还听使唤，没有骨折。"我……有瘀伤吗？"

她摇摇头："可是，灵魂也会受伤。"

他静静平躺，盯着屋顶快要滴落的水珠。食魂者捉了狼。

"你看到任何踪迹了吗？"芮恩说。

他吸了一大口气："往北……他们往北。"

她可以感觉出来，他有所隐瞒。"你出神之后就起风了。"她说，"风灵听起来相当愤怒。"

"因为我在飞，我本来不应该会飞的。"

洞内的水滴掉落在芮恩的外套上，没入毛皮里，仿佛一个灵魂跌落大地。

"你不应该做这件事。"她说。

托瑞克强忍着痛楚，勉强用一只手肘撑起身子，从缝隙看出去。风还在吹，看起来很轻柔，但再度伸出它鬼魅般的魔爪。

"看来风灵尚未放过我们。"芮恩说。

托瑞克又躺了下来，把睡袋往上拉，盖住下巴。**食魂者捉了狼**，他却没办法开口告诉她。还不是时候，如果她知道了，一定会坚持返回森林求助，她说不定会离开——他闭上眼睛。

"那些食魂者究竟是谁？"他曾经问过芬·肯丁，"我甚至不知道他们叫什么名字。"

"有些人知道。"芬·肯丁回答他，"只是他们不愿提起。"

"那你知道吗？"托瑞克请求他，"你为什么不告诉我？既然我的命运就是要对抗他们。"

"时候未到。"乌鸦族的领袖如此说。

托瑞克想不通。芬·肯丁在他不幸丧父之后收容他，而且他很久以前就认识爸爸了，但他很少谈过去的事，只告诉托瑞克一些必要的事。所以托瑞克只知道食魂者一直图谋统治整座森林，但一场大火把他们打散了，从此他们四处逃窜躲藏。七个食魂者已经死了两个，其中一个正是托瑞克的父亲，因此在接下来的五年内都不能提到他们的名字。

托瑞克感到胸口隐隐作痛。爸爸加入他们是为了**行善助人**，至少芬·肯丁是这么说的，托瑞克必须牢记这点。后来他们变成坏人，爸爸想要离开，因此成为他们的眼中钉。他逃亡了整整十三个年头，避开所有的氏族，离群索居，独立抚养儿子长大，但从来没有告诉他任何往事。然后，就在两个秋天之前，食魂者派出一只恶灵附身的大熊，**爸爸惨遭杀害**。

而今他们捉走了狼。但是为什么要捉狼，而不捉托瑞克？为什么？为什么？为什么……他在风的呜咽中沉沉睡去。

有人在摇他，呼唤他的名字。

"什……"他一张嘴就吃到驯鹿毛。

"托瑞克，快醒来！"芮恩叫道，"我们出不去了！"

他笨拙地起身，屋顶很矮，让他伸不直身子。旁边的芮恩正努力保持镇定。雪洞的缝隙已经不见了，取而代之的是一堵坚硬的雪墙。

"我一直挖、一直挖。"她说，"但就是挖不开。我们被困在这里了，一定是昨晚飘来太多积雪。"

托瑞克注意到她的措词格外恭敬，她用"飘来"，而不是她平常可能会说的："该死的风，趁睡觉的时候把我们活埋。"

"我的斧头呢？"托瑞克说。

她的脸色凝重："外面。我的也在外面，还有我们的行李。"他听了沉默不语。

"我应该拿进来的。"芮恩说。

"是因为空间不够。"

"我应该把雪洞挖大一点，我应该事先想到。"

"你忙着照顾我。这不是你的错。我们还有刀子，应该可以挖开。"他说着拔出刀子，那是芬·肯丁在去年夏天特地帮他做的：驯鹿胫骨制的细长刀身，镶着一片薄如叶片的打火石。这样的刀当然不适合用来挖掘雪墙，爸爸的蓝色石板刀或许还比较适合，但是芬·肯丁曾经警告托瑞克要把父亲的刀藏在行李中，不可轻易示人。托瑞克现在真后悔自己这么听话。

"我们动手吧。"他故作镇定地说。

真的很可怕，好像要挖一个永无止境的隧道。挖掉的雪只能堆到身体后方，结果就算再怎么努力，他们仍然困在一个狭小的洞里。滴水的雪墙逐渐往洞里缩，他们的呼吸变得急促。

挖了大约一个手臂的长度以后，托瑞克终于放下刀子："这样没有用。"

芮恩睁大眼睛看着他："你说得对。飘雪很可能持续……我们永远出不去了。"

他看得出来，她很努力地保持冷静，也猜到她此刻一定想到自己被雪崩活埋的父亲。他说："我们往上面挖。"她点点头。

往上挖的工作更加困难。雪块纷纷掉落，不时击中他们的眼睛、颈部和手臂，相当疼痛。他们背对背挖掘，把挖掉的雪块踩在靴子底下。托瑞克咬紧牙根支撑，咬到下巴发疼，渐渐地，他感觉头顶上的雪块变得温暖，而且透出蓝光。

"芮恩！你看！"

她看到了。他们用刀柄疯狂地猛敲，突然间，就像敲破蛋壳一

样，他们探出头来了。强光顿时令人目盲，冷空气刺痛心肺。他们像两只刚孵化的小鸟，仰望着天空站起身，接着爬了出来，扑倒在雪地上。他们沾满汗水的头发在寒风中格外冰冷。

风停了。托瑞克不禁发出颤抖的笑声。芮恩仰躺着，望着苍茫的天空。然后托瑞克坐起身来，看到他们原先栖身的雪洞早已被埋在昨晚尚不存在的一道长斜坡底下。

"我们的行李……"他说，"我们的行李呢？"

芮恩蹒跚着站了起来，神色茫然，不知该往哪里找。除了他们的刀和睡袋之外，他们需要的所有东西，包括弓箭、斧头、食物、火柴、水壶、煮锅……全部都被埋在雪地里了。

托瑞克却异常冷静，他拍拍自己的裤套："我们知道原先的雪洞在哪里，只要在周围进行挖掘，迟早会找到的。"但他和芮恩一样心知肚明，倘若不能在天黑前找出行李，他们绝对活不过今晚，就必须付出两条生命的代价。

往上挖了这么久才出来，现在又要开始往下挖，实在是很讽刺。而且他们一动手，风又开始狂吹，飘起有如云朵般的雪片，让他们近乎目盲与窒息。正当托瑞克快要绝望的时候，却听见芮恩发出欢呼："我的弓！我找到我的弓了！"

等他们好不容易挖出所有的东西，已经是傍晚时分，同时他们也都筋疲力尽，全身被汗水湿透，而且口干舌燥。

"我们应该再挖个栖身的洞，"芮恩喘着气说，"好歹等到黎明再说。"

"不可以。"托瑞克说，他一心一意只想赶紧去救狼。

"我知道。"芮恩说，"我知道。"

他们吃了一些肉干，喝光水壶里的水，把树皮绑在眼睛上面，只划开一小条缝隙看路，以避免强光刺眼。想到早该如此，心里不免有些惭愧。然后他们就出发了，凭借着逐渐西垂的落日余光往北方走。

托瑞克头痛欲裂，而且疲惫不堪。他不安地感觉到，实在不应该急着赶路，这样做有欠考虑，但他已经累到无法好好思考。平坦的地势转为陡峭的山丘，风吹积雪所形成的蓝色山脊反射出令人眩晕的蓝光。在他们的头顶上，还有很多危机四伏的冰崖，宛如异形的冰冻波浪。

一路上北风不曾停歇，似乎在表示愤怒、不悦。大雪纷飞，他们很难分辨距离的远近，甚至无法判断究竟走了多远。当托瑞克爬上山脊，回头一望，已经完全看不到森林。一阵强风袭向他的背后，他失足跌落，一路滚到底。

芮恩赶紧仓皇跟上。"记得要用斧柄，缓冲跌落的力道。"她扶他起身的时候，一边咕哝着。但他的斧头系在腰带上，根本来不及拿出来。从那之后，他们就一路握着斧柄往前走。

他们出发的时候已经身心俱疲，如今更是举步维艰。他们口干舌燥，但是没有木材可以点火融雪，明知道不宜直接吃雪，但是由于实在太渴，也就顾不了那么多了。冰雪的过度刺激，不但让他们的嘴巴起水泡，而且还肚子痛。风继续狂吹，不断用尖细的冰粒鞭打他们的脸庞，致使他们双颊龟裂，嘴唇流血。

我们不属于这里，托瑞克迷蒙地想着，一切都不对劲，所有的事情都乱了。有一次，他们似乎听见柳鸡的咯咯叫声，非常地靠近，仿佛触手可及。但四处搜寻，结果是空欢喜一场。还有一次，芮恩看到远处有一个人影，可是等他们好不容易走近一看，却只是一堆石块，上方有几缕头发在飘扬，并有生皮卷成双臂的模样。这究竟是谁制作的？用意何在？

他们的背心被汗水浸湿，在强风的吹拂下更加寒冷彻骨。外衣上的雪也已冰冻，导致他们的身体僵硬笨重。脸庞因为受冻而麻木。托瑞克不禁想起行者的话：**你先是觉得好冷，然后又不冷……接下来呢？**

芮恩拉拉他的衣袖，指着天空。他的身子摇摇晃晃。北方的天空卷起紫灰色的云朵。

"暴风雪！"她大声吼着，"注意不要分散！"她说着，已经从背包里拉出一条生皮绳。他们以前曾遇到过暴风雨，深知在那种情况下很容易失散。

　　"我们必须挖个雪洞！"她一边吼着，一边努力把冰冻绳子的一端绑在自己的手腕上。

　　"在哪里挖？"他也吼着，并笨拙地把绳子的另一端绑到自己的手腕上。

　　地势已经恢复平坦。"往下！"她吼着，"往下挖！一个雪洞！"她说着踩上踩下，从而感觉积雪的坚实度，突然间，她一脚踩空，整个人不见踪影。

　　"**芮恩！**"托瑞克大吼。他手腕上的绳子突然绷紧，把他整个人往下拉，他用力反抗，脚跟陷落在雪地里，眼前什么也看不到，只有不断旋转的白色混乱。但他可以感觉到她的重量在绳子的另一端，并且持续将他往下拉。他一会儿挣扎，一会儿跌倒，却始终无法遏止自己的身体往下滑，最终跌到几步前的一堆碎雪上。

　　雪堆里冒出一个人，是芮恩。他们坐起身来，饱受惊吓，幸好没有受伤。托瑞克扭头一看，发现他们竟然过了一道冰崖。原来他们在不知不觉中走到了薄冰的脆弱边缘。对芮恩来说，这个打击简直就像扳倒野牛的最后一支箭。

　　"我撑不下去了！"她放声大哭，出拳击打身旁的雪块。

　　"我们还要挖洞！"托瑞克大声吼叫。尽管明知是徒劳无功，因为他现在根本连拿起斧头的力气都没有。为了捍卫最后一丝尊严，他蹒跚着站起身来，对着狂风怒吼："好，算你赢了！我道歉！我永远都不会再飞了！我道歉！"

　　风呼啸着，大雪中突然冒出几个恐怖的身影，正朝他冲过来，一道旋涡往前直扑，然后分散……突然间，雪片不再吹散开来，而是开始聚合：成千上万的雪片会合、凝聚，形成一个他不曾见过的人。

　　他有着猫头鹰的锐利眼睛，在一片白色苍茫中朝他直飞过来，而在他之前，有一群沉默的狗带路奔跑。托瑞克精疲力竭地呆望眼前的一切，全然忘了害怕，只是麻木地想着：一切都结束了，对不起，狼，对不起，我还是没能把你救回来……他双膝跪倒，鹰眼人俨然已经降落在他的面前。

第八节

鹰眼人下令，那些狗骤然停步。只见他抽出一把很长的弯刀，以惊人的速度开始挖雪，没多久就挖了一个雪洞，把托瑞克和芮恩捉起来扔进去，并在雪洞上方盖了一道雪墙作为屋顶。

在饱受强风折磨之后，他们突然置身于一个幽暗的雪洞，连呼吸都变得格外大声。托瑞克听到冰冻生皮的咯吱声，闻到一股异常熟悉的腥臭味。他看不到芮恩，因为那个人跳到他们两个人的中间，反正已经够悲惨，他什么都不在乎了。

令他惊讶的是，自己不再感觉寒冷，反而觉得很热。"你先是觉得好冷……"他想到行者的话，"然后又不冷，然后你觉得很热，然后你会死。"他发现这种死法也不错，温暖而柔软，真是太棒了，简直就像拥抱一头白色驯鹿的美丽皮毛……他好想把鹿毛拉高，盖过自己的头，整个人深深地埋在里面。

有人在摇他。他呻吟一声张开眼，一对猫头鹰的眼睛正盯着他的双眸，将他从死神温暖美好的怀抱里拉回来。他迷迷糊糊看到眼前有一个冻结得像雪饼的环状毛圈，包裹着一张饱受风霜而微微发紫的脸，结满碎冰的眉毛和黑色的短胡须，扁平的鼻子上有一条横跨的黑色刺青，那是托瑞克从未见过的图案。但他现在只想重回死神的怀抱。

那人先是发出怒吼，继而拔掉自己的眼睛，托瑞克这才发现，那对猫头鹰眼睛原来是一对很薄的骨片，用带子固定在脸上。那个男人真正的眼睛有如细缝，非常适合抵御雪地的强光。他迅速拉起外套的衣袖，拿出一把石刀，划开结实的棕色手臂。"喝！"他吼着把伤口强压到托瑞克的嘴上。

托瑞克的嘴里顿时涌进咸中带甜的温热液体。他先是咳了几下，随即咽下鲜血，他的全身瞬间感到一股温暖与力量，那是真正的温暖，而非冷冻所造成的表面灼热。但紧接着却是一阵痛楚，整张脸感觉像是火在烧，每个关节都像有火针在刺。

幽暗之中，他听见芮恩在说话："走开！不要吵我！我想睡觉！"

现在，那个男人正在咀嚼某样东西。他吐了一团灰色的东西在手上，不由分说地强塞到托瑞克的嘴里。"吃！"

味道很腥、很油腻，原来是海豹油，吃起来竟像是人间美味。那个男人把剩下的油涂抹在托瑞克的脸上，刚开始觉得很刺痛，因为那人的手掌就像岩石般粗糙。神奇的是，渐渐就不痛了，反而像是有节奏的按摩。

"你是谁？"托瑞克喃喃地问。

"晚点再说。"那男人含糊回答，"等风灵的愤怒稍停。"

"还要多久？"芮恩说。

"睡一觉，或很多觉，谁知道？不准再多话！"

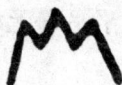

托瑞克当时十二岁，爸爸死去差不多已经半个月。托瑞克刚猎杀了他的第一头獐鹿，为了安心剥鹿皮，他把鹿蹄丢给狼吃，好让他乖乖在一旁不要吵闹，但幼狼只是把鹿蹄当玩具，还不时跑过来探头探脑，不断干扰托瑞克的正事。

托瑞克在溪里清洗鹿的内脏。小狼伸出爪子拉住另一端，用力扯过去，托瑞克又拉回来。小狼紧捉着不放，两只前脚趴下，来回甩动尾巴。**游戏！**

托瑞克报以微笑："不是，这不是游戏。"

小狼坚持己见。托瑞克以坚定的语气告诉他：**放开！** 小狼这时偏偏听话，一下子就放开了，害得托瑞克整个人往后倒，直接滚到溪水里。小狼立刻冲过来突袭，溅得他满身是水，托瑞克开怀大笑……爸爸死了，但他并不孤独，因为他找到了一个狼兄弟。

当他站起身来，突然感觉溪水由凉变为刺骨的寒冷，冬季已然降临整座森林。狼已经长大成年，小跑步穿过结霜发亮的树林……狼和爸爸一起跑步，越跑越远。

"回来！"托瑞克大声吼。但北风淹没了他的声音，强劲的风势吹得他无法站立，奇怪的是，狼和爸爸的身影丝毫不为所动。爸爸的长发柔顺静止，没有一丝波动，没有一丁点的杂乱，而狼银色的毛……

"回来！"他哭喊着。他们听不到，他只能绝望地看着他们穿过树林远去。

他从梦中惊醒，胸口空荡荡的，一阵失落的痛苦，他的脸颊上挂了两行结冻的泪。他正蜷缩在睡袋中，衣服的内里已经湿透，他好冷，拼命打寒战。他坐起身来，这才看到自己身处的地方并非简陋的雪洞，而是一间用雪砖砌成的圆拱形小屋，屋里还有一个扁平的石灯，一小块浮冰状的油脂正燃烧出橘色的火焰，头顶上方悬挂着一个装满融冰的海豹膀胱。外面似乎平静无声，风应该已经停了。他没有看到那个怪人。

"我做了一个噩梦。"芮恩在他的身边低语。她的两颊严重冻伤，起了一些水泡，下眼皮有黑眼圈。

"我也是。"他说。脸好酸，连讲话都痛。"我梦到狼……"

就在这个时候，怪人爬进了雪屋。他的身材短小精壮，穿着厚重的海豹皮外套，看起来格外结实。他拉下帽子，露出一张轮廓平板的脸，留着黑色的短发，齐眉的刘海。他的黑色眼睛很小，有如细缝，充满了不信任。

"你们是从很远的南方来的。"他语带指责。

"你是谁？"托瑞克不甘示弱。

"印努堤路克——白狐族。我被派来找你们。"

"为什么？"芮恩说。

白狐族的男子把头一摆。"看看你们，衣服都在滴水了！你们难道不知道吗？真正会害死人的不是雪，而是湿。拿去，快脱掉湿衣服，披上这个。"他说着丢给他们两个生皮包裹。

他们真的很冷，也就不再争辩，只是四肢已经冻僵，光是脱衣服就花了不少时间。那两个包裹原来是银色海豹皮制成的睡袋，内里是

柔软的鸟毛，披上之后立刻感到温暖舒适。但是托瑞克仍然不敢松懈，他发现那个白狐男子又不见了，而且还带走了他们的衣服，现在他们完全受制于人。

"他留了一些食物给我们。"芮恩说，并嗅了一下眼前那片冰冻的海豹肉。

托瑞克披着睡袋，把身子挪到墙边，从一道裂缝望出去。他们之前栖身的那个雪洞还在，而先前以为是屋顶的东西其实是一个大雪橇，只是整个竖立起来。雪橇的轮子是鲸鱼腭骨所制，横隔木则是驯鹿角，卷起来的操纵绳隐没在一座白色冰丘后面。旁边还有绵延的五座小冰丘，每座冰丘都冒出微弱的蒸气。

印努堤路克吹了一声口哨，小冰丘顿时化身为六条大狗。它们纷纷打哈欠、摇着尾巴，抖落一身的白雪。印努堤路克解开它们身上的绳索，拍拍它们鼻子上的雪片，检查它们的脚掌是否有割伤。

芮恩用拇指挑出牙齿间的肉渣。"行者说'雪狐'会告诉我们如何找到'毒蛇之眼'，或许他指的就是这些白色的狗。"

托瑞克也正在想这件事。"问题是，我们可以冒这个险吗？"他很想信任印努堤路克，但惨痛的亲身经历告诉他，一个人就算曾经出手相助，骨子里仍然可能包藏祸心。

"你说的没错。"芮恩说，"我们不必告诉他所有的事。不要轻举妄动，至少先观察一阵子再说。"

只见印努堤路克把他们的湿衣服翻面，平放在雪橇上，没多久衣服就冻硬了，接着他用雪刀背敲下衣服上的冰，然后拿起一些肉，扔给那些狗吃。其中五条已经成年，但第六条应该只有五个月大，脚掌还没有很硬，所以穿着生皮制的护脚靴。当印努堤路克轻轻抚摸它们的肚皮，以确定没有被操纵绳弄伤时，那条幼犬发出了兴奋的欢呼。

这一切都让托瑞克想到狼，以及醒来前的梦境，一颗心不住地往下沉。他把梦境告诉了芮恩，然后说："狼和爸爸在一起，而爸爸已经死了，那是不是爸爸的灵魂托梦给我？难道他是要告诉我狼也死了？"

"也不一定。"芮恩说，"或许托梦给你的并不是你父亲的灵魂，而是狼的灵魂。或许他是在求救。"

"可是他并不知道我们在找他。"

她看起来不太开心，他正在想是否应该告诉她关于食魂者的事。印努堤路克进来了。

"穿上衣服。"他严厉地说。

他们的衣服确实比较干了，却凉得要命。更糟的是，印努堤路克还站在一边面露鄙夷之色："瞧你们那瘦巴巴的样子！要想在冰地里生存，就一定要吃得够肥！连这个都不知道？所有生活在北方的生灵一定都要很肥！不管是海豹、熊，或是人！"然后他问他们叫什么名字。

他们先是互看一眼，接着芮恩就把他们的名字和氏族据实以告。印努堤路克听到托瑞克是狼族的，似乎非常惊讶。"这就更糟了。"他喃喃自语。

"请问这是什么意思？"托瑞克说。

印努堤路克皱起眉头："不宜在这里说。"

"我认为非说不可。"托瑞克说，"你救了我们的命，我们由衷感谢。但请你务必告诉我们，为什么你会来寻找我们？"

白狐族男子先是迟疑了一会儿。"我就告诉你们吧。就在三个晚上前，我们族里一位长者在观看星相时进入出神状态，死亡精灵送了一个意象给她：一个红柳发丝的女孩，就像冬季的'世界灵'，还有一个狼眼的少年。"他略为停顿，"那个男孩将带来极大的邪恶，这就是我被派来寻找你们的原因。我必须阻止你，免得你给冰族人招来厄运。"

"我又没做坏事。"托瑞克不禁面红耳赤。

印努堤路克不理会他的申辩。"你们究竟是谁？来这里做什么？你们并不属于这里。"

他们默不作声，于是印努堤路克卷起睡袋，走了出去："多抹一点油在脸上，把灯带着，我们要走了。"

"去哪里？"托瑞克和芮恩异口同声。

"我们的营区。"

"做什么？"芮恩说，"你想对我们怎么样？"

印努堤路克看来深受冒犯："我们当然不会伤害你们，那不是我们的作风！我们会给你们准备好行李装备，然后送你们回家。"

"你不可以逼我们回去！"托瑞克说。

出乎他意料之外，印努堤路克闻言放声大笑："我当然可以！你们的行李都已经绑在我的雪橇上了！"

他们别无选择，只能跟着走出来。印努堤路克已经戴上像猫头鹰眼的护眼罩，同时递给他们一人一副。然后他抓起一根足足有二十步长的柔软皮鞭，那些拉雪橇的狗早已开始嚎叫，摆动着尾巴，迫不及待地想出发。

"雪橇为什么是往西？"芮恩不安地说。

"我们的营区在西方。"印努堤路克说，"在靠近海洋的冰原，有海豹出没的地方。"

"西方？"托瑞克大叫，"但我们是要去北方！"

印努堤路克转头看他："北方？两个对冰原一无所知的小娃儿？你们再过一晚就死定了。还不快上雪橇！"

第九节

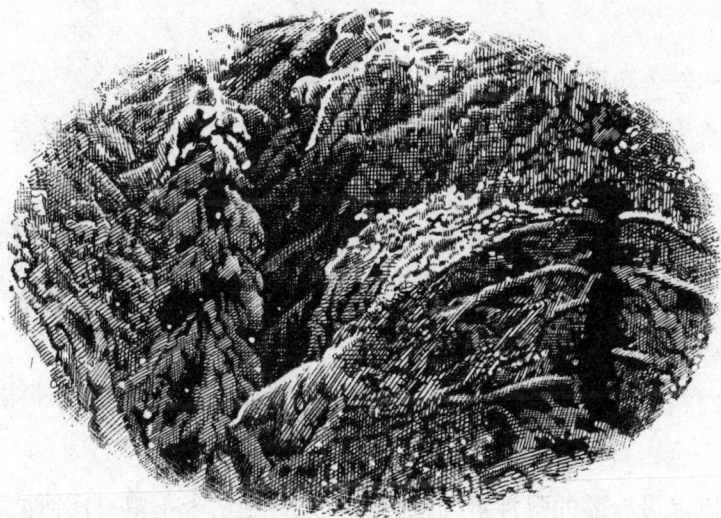

北风呼啸着吹过白色的冰丘，无情地击打着平原上时而突起的矮小云杉树，风呜呜哀鸣，穿越森林的最北端，吹起乌鸦族营区所在的斧柄山谷附近覆盖的白雪。这种天气本来就会把芬·肯丁唤醒，而自从柳族的人给他传来托瑞克的口信，他就几乎再也无法入睡。

有人捉走了狼，我们要去把狼救回来。

"竟然如此有勇无谋。"乌鸦族的领袖叹道，用一根树枝拨弄着帐篷内的火堆。"他为什么不回来求援？"

"那个女孩为什么不回来求援？"莎恩反问。她穿着一贯的乌鸦斗篷，眼睛眨也不眨，满脸愤怒。在所有乌鸦族人当中，也只有她敢对芬·肯丁出言不逊。

他们静静坐着，呼啸而过的强风正在尽全力唤醒整座森林。乌鸦族的巫师用斗篷盖住她骨瘦如柴的膝盖，向火堆伸出干枯的手。芬·肯丁又拨弄了一下火堆，帐外一条狗原本想钻进来，随即竖起耳朵，识趣地溜去找其他帐篷。

"我真的没想到他会这么冲动。"芬·肯丁说，"前往极北之地……"

"你怎么知道他真的去了？"莎恩说。

他略为迟疑："一个雷鸟族的狩猎团远远看到他们，今早差人告诉我了。"

莎恩若有所思地伸出她满是结节、状似号角的泛黄手指，轻轻触摸胸前的螺旋状护身符。"你想去搜寻他们。你想去找你兄弟的女儿，把她带回来。"

乌鸦族的领袖伸手抚弄自己暗红色的胡须："我不可能不顾族人的生命安全，贸然把他们带到极北之地。"

莎恩以最冷酷的眼神审视眼前这个人，她从来不曾对任何活着的生灵有一丝同情。"但你还是想去。"

"我刚才已经说过了，我不能去。"他说着把木棍一丢，强忍住大腿上旧伤的抽痛——每逢强风吹起，就不免旧疾复发。

"那就好。"莎恩耸耸肩,就像一只乌鸦抖动翅膀。"那个女孩果然是任性妄为,我早就受够她了。至于那个男孩,他……"她皱起干扁的双唇,"他太感情用事。"

"他只有十三岁。"芬·肯丁说。

"枉费他身负天命。"巫师冷酷地说,"他的生命并不是他自己的,怎么可以为了一个朋友而甘冒生命危险?他就是不知轻重,但他总有一天会懂的,等他找不到狼,自然就会回来。到时你一定要好好惩戒这两个家伙。"

芬·肯丁望着火堆:"我要收养他。我真应该早点告诉他,或许就不会演变成今天这个局面,或许他就会来向我求助。"

莎恩往营火上"呸"一声吐了一口水:"何必自找麻烦?就让他去吧,尽管去找他的狼!"

第十节

狼正置身于睡梦中：他可以跑得比最快的鹿还要快，还可以独力扳倒一头野牛……然而当他醒来之后，仍然饥肠辘辘，梦里的猎物吃不饱。这一次，他再度变回幼狼：他又冷又湿，妈妈、爸爸和狼兄弟都躺在泥地里没有呼吸。山洪杀了它们，趁着狼跑到山丘边摸索的时候，它轰隆而下。他抬起口鼻哀嚎。

在山洪的另一边，有一只狼来了，来救自己了！狼不禁欣喜若狂，热切欢迎那只狼的到来，但不久就转为疑惑：那真是一只奇怪的狼啊！他的气味是一只半成年的狼，但嗅起来也像其他的生灵，他用后腿走路，而且，**他没有尾巴**！然而，他也拥有狼独特的淡色亮眼，他心灵的深处和狼相互呼应。他找到了一个新的狼兄弟，一个永远不会离弃他的狼兄弟。

狼顿时惊醒，发现自己仍然躺在那棵滑行的树上，被挤压在那张可恨的鹿皮底下，在雪地上摇晃前进。他渴望变回幼狼，等"无尾高个子"来拯救他。他的头好痛，睡觉时就已经很不舒服，只恨全身动弹不得，无法舔舐伤口。他受伤的脚掌隐隐刺痛，被踩过的尾巴更是疼痛难当。

"臭皮"来了，又塞了一片肉进来。狼还是不理她。他们一路不停拉着他往前，太阳沉落，雪从天空不断飘落。

过了一会儿，狼嗅到他们闯进了一群陌生狼的区域，这表示有危险。那个巨大"白毛"自己跑了，狼的心中升起一线希望，但愿那个"白毛"蠢到去攻击狼群，他们一定会保卫自己，说不定就把他给杀了。

但稍后，"白毛"毫发无伤地回来了，而且再度露出恐怖的笑容，手里还拿了一个不断扭动与吼叫的小鹿皮套。狼闻到一只狼獾的可厌气味。一只狼獾？这是什么意思？但他并没有想很久，因为他又开始觉得非常疲倦，于是趴着睡了。

一只大猫头鹰叫着，狼醒了，不知道为什么，他全身毛骨悚然。猫头鹰安静下来，那更糟，狼完全醒了。在他睡着的时候，黑暗已经

降临，滑动的树也停了。坏无尾就在几步以外，蹲在火堆旁边。狼感应到他们正在等待某件事，一件不好的事。

他周遭是平静无风的白色大地。他嗅到一只野兔在很多步远的地方啃食柳叶，他听到旅鼠在它们的窝里轻声抓痒，还有雪从天而降的刷刷声。然后，黑暗中他听见一只无尾正在靠近，他的脚爪热切地抽动。难道是"无尾高个子"来救他了？

希望立刻粉碎，不是他的狼兄弟，是狼从未闻过的一只雌性。他知道她是那群坏无尾的同伴，因为他们已经用后脚站立，等候她的到来。他可以感觉出来，当她轻盈地滑过白色的大地时，他们的心中充满了畏惧。

她很高、很瘦，头上苍白的毛像虫子一样垂下来，她的声音像枯骨般沙哑，她的气味就像那些死尸。其他无尾用轻声的话语向她致意，但就算如此，狼仍感应到他们的恐惧，甚至连"白毛"都在害怕。狼也怕。

现在她转身，朝他走过来。他的身体哆嗦着，他的心灵在她面前顿时萎缩。她靠得更近，他很想转过头去，却不能。她的面容很恐怖，很不寻常：那张脸像石头般空白，完全静止不动，在她说话的时候，口鼻甚至没有一丝的抖动。她的眼睛根本不是眼睛，只是两个凹洞。

狼发出咆哮，试图将身子往后退，但是鹿皮把他紧紧缠住。她现在紧靠着他，她那尸体般的气味让他陷入一团寂寞与迷失的黑雾中。慢慢地，她伸出一只前掌到他的口鼻前，他看不出来她手里拿着什么东西，但他捕捉到埋藏在大地深处许久的气味。从她的手掌里，他瞥见一股灰色的光，因为某种奇特的确定感，他知道她所握的东西和火一样凶暴，只不过那是冷的。

他的咆哮转为惊恐的呜咽。他闭上眼睛，试着去想象"无尾高个子"正奔过雪地前来寻他、拯救他，就像自己尚是幼狼时，"无尾高个子"拯救了他。

第十一节

印努堤路克的雪橇飞快地往西前进，带着托瑞克和芮恩往错误的方向去。耳边的声响只有狗的喘息，奔跑在脆弱冰缘上的刮擦声，以及当他们偶尔撞到斜坡，强烈倾斜差点翻覆时，芮恩所发出的惊呼声。

他们在一个冰冻的大湖边稍作休息，托瑞克对印努堤路克说："你不可能随时盯着我们，迟早我们会逃走。"

"你们能逃到哪里去？"印努堤路克反唇相讥，"你们永远到不了北方，你们无法通过冰河。"

他们盯着他："什么冰河？"

"距离这里大约一个晚上的行程。从来没有任何冰族的人活着跨越冰河。"

托瑞克气恼地说："我们以前穿越过冰河。"

印努堤路克嗤之以鼻："不可能。"

"那我们可以绕过去。"芮恩说。

印努堤路克两手一摊，对带头的狗吹了一声口哨，就开始走到湖面上。"我们得走着穿越湖面。"他告诉他们，"跟在我后面，听从我的指示！"

他们万分沮丧地跟上去。随即发现这是一个艰巨的任务，光是要站直就已经不容易了。

"走白色的冰！"印努堤路克叫道。

"灰色的冰呢？"芮恩看着自己右脚边的一片灰冰。

"那是新结冻的，很危险！如果一定要穿越，要分散重量，而且不可以停下来。"

托瑞克和芮恩互看一眼，然后拉开两人之间的距离。就算是白色的冰，也因为风吹而打滑，他们的行进非常缓慢。印努堤路克的靴子似乎可以捉住冰面，让他迈开大步。狗尖锐的爪子是最有利的，只有穿着海豹皮靴的幼犬连滚带滑，那可爱的模样让托瑞克不禁心痛地想到狼，狼小时候也老是滑倒。

"这湖有多深？"芮恩问。

印努堤路克笑着说："这不重要！在你能够呼叫前，早就被冻死了！"

好不容易走到湖边，开始爬上坚实的雪地，当印努堤路克着手检查狗的脚掌时，托瑞克把芮恩拉到一边："前面有比较多的掩护，我们想办法逃走吧！"

"逃到哪里去？"芮恩说，"我们要怎么绕过冰河？要怎么找到'毒蛇之眼'？面对现实吧，托瑞克，我们需要他的帮助！"

地面变得很难走，有许多突起的冰脊和陡峭的斜坡。为了减轻狗的负担，他们跳下雪橇攀爬斜坡，等到下坡的时候，印努堤路克会用一根分叉的鹿茸长棍让雪橇停下来，好让他们有时间跳回雪橇。

寒冷削弱了他们的体力，白狐族的男子却精力充沛，他显然深爱这片奇怪的冰冻大地，而且对他们的无知感到困扰。他坚持要他们多喝一点水，就算是不渴也要喝，还要他们把水壶随身放在外套里面，免得壶里的水结冻，并且教他们分配食用和抹脸用的油脂。"你们必须留一些油来融冰。"他说，"记住，你们有多少水，取决于有多少油可以融冰！"

他看着他们两个困惑的表情，不禁叹了一口气，"若是想活命，就照我们的方式做，奉行冰族生灵的求生之道：柳鸡经过雪地会留下轨迹，我们也会；绒鸭用羽毛围出鸟窝，我们也用睡袋做同样的事；我们吃生肉，就像冰地里的熊；我们用驯鹿和海豹的皮毛做成衣裳，以取得他们的活动力和御寒力。这就是冰族的生活方式。"他歪着头看天空，"最重要的是，我们非常注意风向，我们的生命操纵在风的手里。"

就像是呼应印努堤路克的话，北风再度刮起。托瑞克的脸颊感到风的冰冷触感，风似乎不喜欢他和芮恩，印努堤路克一定猜到了他的心思，他伸手指向湖的远岸，那里矗立着一个石雕。"我们造那个雕像就是为了荣耀风灵，你们迟早要作出祈灵的奉献。"

托瑞克很担心这点。他背包的最底层有爸爸遗留的蓝色石板刀，药袋里有母亲遗留的药罐，他无法想象失去它们。大约中午时分，他们到达一块诡异的土地，到处都是倾斜耸立的巨大冰片。从地底深处传来空洞的呜咽和回荡的破裂声，狗狗们纷纷压平耳朵，印努堤路克一手紧抓着那块缝入他外套的鹰爪护身符。

"那是岸冰。"他压低声音说，"大地的冰和海洋的冰在此竞争掌控权。我们必须快速通过。"

芮恩扭头看着逼近头顶的一块锯齿状冰钉："这里感觉好像有厉鬼。"

白狐族的男子对她投以锐利的眼神："就是这个地方，海洋的厉鬼靠近我们的世界边缘。它们骚动不安，拼命想钻出来。"

"它们钻得出来吗？"托瑞克说。

"偶尔会有一两只溜出裂缝。"

"森林里也一样。"芮恩说，"巫师不断监视，却还是会有厉鬼逃脱。"

印努堤路克点头："这个冬天比以往更糟。在'黑暗时间'（即极夜。这是一种极地特有的自然现象，每年有六个月时间全天都处于黑暗中，不见光明），当太阳死去的时候，一只厉鬼把一座巨大的冰山送到内陆，撞毁海象族的帐篷，杀死里面所有的人。不一会儿，另一只厉鬼又送出恶疾，夺走了我们氏族中一个小孩的性命，他的哥哥也跑到冰原里，我们不断搜寻，却一直没有找到。"他略为停顿，"这就是为什么我们一定要送你们回南方。你们带来了很大的邪恶。"

"我们没有。"托瑞克说。

"我们只是在追踪邪恶。"芮恩说。

"告诉我这是什么意思？"白狐族男子连忙问。

他们沉默不语。托瑞克的心里并不好受，因为他真的很喜欢印努堤路克。

他们奋力穿越了破碎的冰山，最后，崎岖的岸冰终于过去，取而代之的是比较平坦、略为卷曲的冰。让托瑞克意外的是，印努堤路克挺起胸膛，深呼吸一口气："啊！海冰！**好多了！**"

托瑞克并没有他那么开心，眼前所见的冰看起来很奇怪，是弯曲的，轻柔地起伏，宛如一只超大生灵的皮毛。

"是的。"印努堤路克说，"那是海洋母亲呼吸的曲线。过不了多久，当'咆哮河流之月'到来，就会开始融冰，这个地方将变得凶险万分。我们称之为潮裂，就在你的脚下发生，将你吞没。现在，却是最好的狩猎时机。"

"猎什么？"托瑞克说，"在湖边我还看到野兔的足迹，但这里什么也没有。"

印努堤路克第一次对他露出赞许的神色。"我没想到一个森林男孩会注意到这些。"他的手指往下比："猎物就在冰的底下，我们和冰熊的谋生方式一样，捕猎海豹。"

芮恩不禁发抖："冰熊会吃人吗？"

"'伟大的流浪者'什么都吃。"印努堤路克说着把鹿茸棍插入冰内，以便系住狗。"但它还是比较喜欢吃海豹。它是绝佳的猎者，就算隔着一手臂厚的冰层，也可以闻到海豹的气味。"

"你为什么要停下来？"托瑞克说。

"我要狩猎。"白狐族男子说。

"可是，你不可以！我们不能停下来狩猎！"

"不然你们吃什么？"印努堤路克回答他，"我们需要更多油脂，狗也需要吃肉。"

托瑞克哑口无言，但他心急如焚，因为狼已经被捉走整整六天了。

印努堤路克松开他的带头狗，然后慢慢步上冰面。狗很快就有所发现。"一只海豹的呼吸洞口。"印努堤路克压低声音说。只见冰面上有一个隆起，顶端有个约半根拇指宽的洞，边缘有沟槽，那是海豹啃咬的痕迹，以便保持呼吸口的通畅。

印努堤路克从雪橇边拿了一块驯鹿皮，在洞口的下风处，把毛茸茸的那面放到冰上。"这样可以掩盖我的靴子气味，就像冰熊毛茸茸的脚掌。"他说着把一根天鹅羽毛放在洞口，"海豹在浮出水面前会吐气，羽毛就会动。动作要快，海豹只吸几口气就潜入水中。"

他命令他们回到雪橇那边的避风处。"我必须站在这里等候，像冰熊一样。但你们穿这样会冻到，不要站在风口，还有，不要乱动！任何小动作都会把海豹吓走。"他就位之后，果然一动也不动地站着，手举着鱼叉。

托瑞克一蹲到雪橇后方，就开始解开那些捆绑他行李的绳子。

"你在做什么？"芮恩低语。

"我要离开这里。"他说，"你要一起走吗？"

她也动手解开自己的行李。他们站在印努堤路克的后面，神不知鬼不觉地背起背包和睡袋，但就在他们站起身时，他转过头来。他并没有移动，也没有说话，只是看着他们。托瑞克不甘示弱地回看他，但他也没有动。这个男人曾经割开自己的血管，以鲜血救他的性命。他是一个猎人，就像他们一样，而今他们却要破坏他的狩猎。

"我们不能这么做。"芮恩小声说。

"我知道。"托瑞克回答。

他们缓缓放下背包，印努堤路克这才转回去盯着海豹的呼吸洞口。突然间，羽毛动了，以苍鹭般的速度，印努堤路克的鱼叉一把刺入，深入海豹的皮毛。

托瑞克和芮恩放下背包前来帮忙。他们花了好大的力气才把海豹从洞里拉出来，随之而来的迎头痛击让海豹一棒毙命。

"多谢！"印努堤路克喘着气说。

他们齐力把银色的温热海豹尸身拉离洞口。狗们迫不及待地要享用大餐，但印努堤路克一声呵斥，它们立刻安静下来。他把鱼叉从海豹伤口拔出，用他称之为"伤口栓"的细长骨头把伤口缝密，以免浪

费里面的血液。然后他把海豹翻过去，让口鼻突起处朝着洞口。"这样可以让它的灵魂回归海洋母亲，以便日后重生。"他脱掉手套，轻轻抚摸海豹有斑点的苍白肚皮。"感谢你，我的朋友。但愿海洋母亲赐给你一个全新的美好身体！"

"我们在森林里也是这样做。"芮恩说。

印努堤路克面露微笑。他准确地划开海豹的肚皮，用手撕开，拿出了热腾腾的暗红色肝脏。他们的后方响起一声吠叫，只见一只小白狐坐在冰上，体型比红色的森林狐来得短小肥胖，正用它棕黄色的明亮双眸热切地看着印努堤路克。

他咧嘴一笑："守护灵想要它的那一份了！"他扔了一块出去，白狐稳稳接住，一口吞下。印努堤路克也分了一些给托瑞克和芮恩，海豹肉非常坚实甜美，很容易入口。白狐族男子把海豹的肺脏扔给狗，但托瑞克注意到它们只闻了一下，好像兴奋过度，并不是很急着吃。

"今天很幸运。"印努堤路克边吃边说，"有时候等上一整天也不一定有海豹上门。"他说着抬起眉毛，"我猜你们恐怕没耐心等那么久。"

托瑞克想了一下。"我想告诉你一件事。"他说着停了一下，芮恩点头表示同意。"我们来北方是为了寻找一个朋友。"他接着说，"求求你，让我们走吧。"

印努堤路克叹气说："我现在知道你们的动机是好的。但是你们必须了解，我不能让你们走。"

"为什么不行？"芮恩说。

雪橇另一边传来狗的呜咽声，它们拉扯着绳子。托瑞克跑去看它们何以如此不安。

"怎么了？"芮恩说。

他没有回答，他正试着理解狗的话语。比起狼语，狗们的话比较简单易懂，很像小狗的话。"它们嗅到了些什么。"他说，"只是风太大，无法确定方位。"

"它们嗅到什么了？"芮恩说着伸手去拿弓。

印努堤路克目瞪口呆："你……他可以听懂狗说的话？"

托瑞克还来不及回答，左侧的冰脊突然骚动，继而化身为一只巨大的白熊。

第十二节

冰熊抬起长长的脖子，嗅着托瑞克的气味。那只熊毫不费力地用后脚站起身来，它的身长比两个高大的男人加起来还要高，每一只脚掌都是托瑞克头的两倍大，只要大掌一挥就足以致他于死。它的头晃来晃去，眯起黑色的眼睛，嗅着空中的气味。

它看到托瑞克孤身站在冰上，芮恩和印努堤路克正悄悄移到雪橇后寻求掩护。它嗅到他们再过去一点的地方的血腥味——那只被宰杀一半的海豹。它听到狗在嚎叫，扯动着绳子，不自量力地妄想攻击。身为一只从不知恐惧为何的生灵，面对这一切，它显得如此轻松泰然。它的四肢蕴藏了冬季的力量，脚爪拥有风的暴烈，它是所向无敌的。

热血充斥着托瑞克的耳朵，他的耳际嗡嗡作响，雪橇距离他只有十步之遥，感觉却像一百步。冰熊沉静地四脚着地，它厚重的黄白色皮毛泛起些许风吹拂的痕迹。

"不要跑！"印努堤路克小声告诉托瑞克，"慢慢走。往我们这边来，侧着走，不要背对它。"

托瑞克从眼角的余光看到芮恩的箭已在弦上，印努堤路克两只手各握有一支鱼叉。

"不要跑。"

但是他的脚实在很想跑。此时此刻，他仿佛再度回到森林，拼命逃离父亲垂死的那个帐篷废墟，逃离那只厉鬼附身的恶熊。**"托瑞克！"**爸爸用尽最后一口气嘶吼：**"快跑！"**

此刻的托瑞克也用尽所有的意志力强迫自己不要跑，缓缓举步走向雪橇那边。冰熊低下头来，定神地望着他，然后以慵懒的步伐，缓步走在他和雪橇之间。他摇摆不定。冰熊踏出的每一步都悄然无声，甚至没有脚爪碰触冰面的声音，也没有一丝呼吸声。

托瑞克已然六神无主，他脱掉手套，伸手去摸自己的刀，却拔不出刀鞘。他使出更大的力气，还是没有用，只恨自己不听印努堤路克的话，没把刀子放在外套里面保暖。皮革制的刀鞘早已结冻僵化。

"托瑞克！"印努堤路克柔声叫道，"接着！"

一支鱼叉从空中飞过来，托瑞克单手接住。叉头的部分看起来非常细薄。"这个有用吗？"他问。

"用处不大。但至少可以死得像个男人。"

冰熊"嘶"一声吐气。托瑞克看到他黄色的尖牙，他胆战心惊地发现，手拿鱼叉真是大错特错，这只熊是禁不起挑衅的，反而激起它攻击的念头。

他注意身边的一举一动。芮恩已经取下她的护眼罩，拿出弓箭准备发射。"不要轻举妄动。"他出声警告，"这样只会弄巧成拙。"

她知道此言不虚，于是放低弓箭，但箭仍搭在弓上。狗不断吠叫，上下跳动。熊扭动长长的脖子，仰头怒吼，撼动整个冰面。

它和托瑞克四目交接，世界顿时瓦解。他再也听不见狗叫，再也看不到芮恩和印努堤路克，他甚至无法眨动眼睛，全世界只剩下那一对眼睛，比玄武岩还要黑，比仇恨还要强。当他望进这对眼睛，他知道对这只冰熊而言，所有其他的生灵都只是它的猎物。

他握着鱼叉的手因为冒汗而打滑，他的脚无法动弹。熊巨大的爪子在冰上抓出喀喀声，然后用脚掌拍击冰面。托瑞克整个人都在晃动，必须努力维持平衡才没有摔倒。一只森林熊的怒吼通常意在威吓，若有心猎杀，反而会保持致命的沉静，这点不知是否也适用于冰熊？

显然并不适用，冰熊向他直扑过来。他看到那巨大的黑色口鼻有伤疤，它吐出紫灰色的长长舌头，热气直扑托瑞克的脸颊……冰熊以超乎寻常的敏捷身形转身怒吼，用两只前掌拍击冰面。托瑞克的两脚发软，几乎跪倒。

现在冰熊已经离开他，绕到雪橇那边，它大掌一挥，轻易就把雪橇像树皮般丢到一边。印努堤路克和芮恩原本各自躲在直立的雪橇两侧，雪橇被撞倒的时候，刚好正中芮恩的肩膀，她痛叫一声倒地，一只手臂被压在轮子底下，倒在冰熊的正前方。

托瑞克赶忙向前冲，挥舞着手上的鱼叉，故意大声叫道："我在这里！不要捉她，捉我！快来捉我！"

印努堤路克同时冲出来，以鱼叉作出攻击的动作，冰熊立刻转向他。托瑞克跑过去把雪橇从芮恩身上移开，捉住她的手臂，半拖半拉地把她带到比较安全的地方。这时候，其中一条狗终于挣脱缰绳，朝冰熊扑过去。大熊挥出一只巨掌，狗掠空而过，重重摔在冰面上。托瑞克和芮恩赶快趴下来，冰熊跃过他们，跳向海豹的尸体，用双爪抓住海豹的头，然后咬着海豹飞快地跑过冰面，就像咬着一条鳟鱼般轻松。

"那些狗！"芮恩大吼，"快阻止它们！"

除了幼犬蜷缩在雪橇边，其他的狗都露出嗜血的冲动，迫不及待地要上前厮杀，只是碍于身上的缰绳束缚。但在它们的集体拉扯下，缰绳瞬间断裂，成群的狗追了上去，完全不理会印努堤路克的大声喝止。他的靴子被缰绳缠住，托瑞克和芮恩束手无策，只能满脸惊恐地看着他被拖行在冰面上。

强壮的狗跑得很快，托瑞克将双手绕在嘴唇边，开始发出吠声，用很大声、很尖锐的狼语下命令：停下来！

他的喝令宛如皮鞭，立刻发挥作用，狗狗们马上乖乖听话，把尾巴缩在两只后腿之间。冰熊消失在远方的淡蓝色冰丘后。

托瑞克和芮恩跑过去，印努堤路克已经站起身来，摸着自己的前额。他很快恢复镇定，用拳头抓着缰绳，然后拔出刀子，用刀柄痛责那些狗，它们发出尖叫。然后他喘着气对托瑞克点头致谢。

"应该致谢的是我们。"芮恩惊魂未定，"要不是你把它引走……"

白狐族男子摇摇头："我们之所以能够活下来，纯粹是因为它不想杀我们。"他说着转向托瑞克，露出怀疑的表情，"我的狗……你可以和它们说话。你究竟是谁？你是什么？"

托瑞克伸手抹去挂在上唇的汗珠："我们需要赶路。那只熊很可

能还在附近。"

印努堤路克端详他好一会儿，这才开始聚集他的狗，把不幸惨死的那条扛在肩上，蹒跚着走回到雪橇边。托瑞克当啷一声丢下鱼叉，双手撑在膝盖上。芮恩扶着他的肩膀。他问她是否安好。

"皮肉之伤。"她说，"幸好不是拉弓的那只手。你呢？"

"没事，我很好。"话才说完，他已经双膝跪倒，开始呕吐起来。

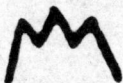

M

狗拉着雪橇飞奔，前往白狐族营区。太阳已经西沉，深蓝色的冰面上闪耀着金黄光芒的火球。黑夜降临，纤细的月亮升起，托瑞克一直望着天空，但他始终找不到"第一棵树"的踪影：那在冬季现身的偌大沉静绿光。他从未如此渴望看到绿光，他需要一点和森林的联系。可是它并没有出现。

他们通过黑暗而尖锐的冰丘，听见远处传来破裂声与呻吟，令他们联想到破冰而出的厉鬼。最后，托瑞克看到一丝橘光，机灵的狗感应到家园将近，更加快速地奔驰。当它们接近白狐族营区，托瑞克看到一个很大的雪屋，旁边有三座比较小的雪屋，彼此之间有隧道相连。灯光从里面透出来，雪砖砌成的墙看起来有如整齐的蜂巢。在这些雪屋旁的许多小隆起上的白雪突然抖落，原来它们是更多的狗，出声吠叫表示欢迎。

托瑞克全身僵硬地步出雪橇，芮恩揉着自己的肩膀，疲惫的身躯让他们忘了担心眼前的命运。印努堤路克坚持让他们必须把衣服上的所有雪片都拍掉，连眉毛上的冰都要挑掉，才能爬进雪屋的隧道。为了防风，隧道的高度只到狗的腿部，托瑞克爬着前进，闻到海豹油燃烧的刺鼻味，听到原先低喃的人声戛然而止。

在冒烟的灯光中，他看到鲸骨支撑的冰墙边晾了很多靴子和手套，人们呼出的空气形成闪光的雾，还有排成一圈的圆脸，因为涂满

防护油而反光。印努堤路克匆匆告诉族人们，他如何在暴风雪中找到
这两个闯入者，以及之后所发生的一切事情。

他说话很公道，他提到幸亏有托瑞克帮助，才没有继续被疾奔的
狗群拖行于冰面上。不过，当他说到"狼族少年"居然可以和狗交谈
时，声音不禁微微颤抖。白狐族人耐心倾听，没有提出任何疑问，只
是用他们宛如白狐的棕色眼睛端详着托瑞克和芮恩。他们似乎并没有
领袖，只有四名长者坐在一块驯鹿皮铺成的低矮睡台上，紧靠着一盏
油灯。

"就是他们……"讲话的是一个声音刺耳的娇小妇人，她的脸色
暗淡，就像一颗风化的玫瑰干果。"在我观测的星相里出现。"

托瑞克听到芮恩突然倒抽了一口气，赶紧把双拳摆在胸前以示友
好。他向那位年长的妇人敬礼："印努堤路克说你在观相中，看到我
做出邪恶之事。但我并没有，而且我保证不会。"

出乎他意料之外的是，雪屋里顿时充满笑声，四名牙齿掉光的长
者通通咧嘴而笑。

"在我们之中……"老妇说，"又有谁能够保证自己以后会不会
做什么？"说着她的微笑消失了，转而忧伤地蹙眉。"我看到你……
你正准备破坏氏族的法律。"

"他不可能那么做。"芮恩说。

长者似乎并不介意她插嘴，只是静待芮恩是否还有话要说。接着
长者转向托瑞克，她的口气很冷静："天上的星火从不说谎。"

托瑞克相当困惑："我不懂！我究竟做了什么？"

苍老的面容顿时肃然："你对一只狼举起斧头。"

第十三节

"**攻击狼？**"托瑞克大叫，"绝对不可能。"

"我也看到了。"芮恩忽然脱口而出，"在我的梦里，我也看到了！"她说完随即懊悔不已。

托瑞克盯着她，就好像不认识眼前这个人。"我永远不可能伤害狼。"他说，"绝对不可能。"

白狐族的长者摊开双臂："死神不会说谎。"

他开口准备抗议，但老妇已经先说话："先休息吧。明天送你们回南方，邪恶之事就不会发生了。"

芮恩以为他会回嘴，但他并没有，他只是静默不语，却露出准备惹麻烦的顽固表情。

白狐族人开始叽叽喳喳，从墙上的置物空间取下一些食物，既然长者说完话了，他们很高兴可以开始准备大餐，仿佛托瑞克和芮恩刚才只是在这里讲了个故事。芮恩看到印努堤路克口沫横飞地对众人讲述冰熊怎么偷走他好不容易猎到的海豹，听得大家哄堂大笑。

"别担心，小兄弟。"有人笑道，"我的猎物没被偷，大家都有得吃！"

"你为什么没告诉我？"托瑞克的脸色很凝重，但芮恩看得出来，在他愤怒的外表下，其实怀有更多的震惊。

"我本来是要说的。"她说，"但我先听了你的梦，然后……"

"你真的相信我会伤害狼？"

"当然不相信！但我看到了，你拿着斧头，就站在他面前，正准备下手。"一整天她都在想这个梦，并且清楚地感觉到，这不是那种另有寓意的梦，而是那种鲜明异常，或许一年才会出现一次的梦，每每成真的梦境。

有人递给她一块冰冻的海豹肉，她真的饿坏了。除了海豹肉之外，餐点还包括充满嚼劲的鲸皮，上面包裹着一层丰富的油脂，还有从雷鸟的内脏取出来的柳叶苞颗粒，吃起来有点酸酸的。甜点是海豹油拌云莓，那是芮恩最喜欢的。雪屋里充满了笑声，白狐族人似乎乐

天知命，很快就忘记所有的不愉快，尽情享受眼前的人生。唯有托瑞克独坐一旁，满面忧愁地静默不语，让她不知该如何是好。

"吵架不能帮我们找到狼。"她说，"我认为我们应该告诉他们，关于'毒蛇之眼'的事。"

"我不认为。"

"但是他们如果知道，或许就会帮忙。"

"他们并不想帮忙，他们只想送走我们。"他转向她，"好人也可以笑里藏刀！我见识过！"她盯着他看。

"我不能失去他。"他说，"你跟我不同，你还有芬·肯丁和其他族人，我只有狼。"

芮恩眨了一下眼睛："你还有我。"

"那不一样。"

她顿时面红耳赤。"有时候，"她说，"我真不知道自己为什么要跟着你！"

这时候，有一个矮壮的妇人叫她过去试穿新衣，她头也不回地走了。当她爬过通往小雪屋的通道时，耳边回响着托瑞克伤人的话语：**你跟我不同**……才不是，才不是这样！她很想大吼：难道你不知道你和狼是我最好的朋友？

那边有四个妇女在编织。"坐到我旁边。"那个名叫坦内吉克的女人说，"冷静下来。"

芮恩在一块驯鹿皮上坐下，开始拔自己的头发。

"愤怒！"坦内吉克温和地说，"是一种疯狂，而且浪费力气。"

"但有时候是必要的。"芮恩喃喃说。

坦内吉克笑着说："你跟你叔叔还真是一个样！他也很容易愤怒，尤其是年轻的时候。"

芮恩坐直身子说："你认识芬·肯丁？"

"他很多年前来过。"

"为什么？你怎么遇到他的？"

坦内吉克拍拍她的手说："那你得问他。"

芮恩叹了一口气。她真的很想念叔叔，他一定知道该怎么做。

"你所看到的那些意象是很危险的。"坦内吉克边说边检查芮恩的手腕，"你应该用闪电面具来保护自己。我很惊讶你们的巫师怎么没看出来？"

"她看出来了。"芮恩说，"是我不让她刺青。"

"让我帮你，我也是一个巫师，而且你会用得上，我认为你承担了太多的秘密。"她说着转向最旁边的那个女人，请她拿刺青的材料来。接着，她完全没让芮恩有抗议的余地，就把她的手臂拉过来放在自己肥厚的大腿上，将她的皮肤拉紧，迅速地用骨针刺着，再用一片海鸥皮沾黑色染料涂到刺青上。

一开始很痛，但坦内吉克口中不断诉说着有趣的故事，转移了芮恩的注意力。很快地，她的愤怒已经消散，只剩下担忧，她担心托瑞克会做出傻事，怕他会丢下自己一个人逃走。她在这里觉得很安全，睡觉平台上有三个小孩睡成一堆，特别像可爱的小狗。在油灯那边，有一个小婴儿睡在海豹膀胱制的摇篮里，里面塞满了柔软的青苔。妇女们聊天说笑，她们的气息在空中形成一缕一缕的冰烟，除了坐在最旁边那位——亚酷米克，她始终默默不语。

芮恩深受屋内温馨、平和的气氛感染，她感觉自己从未像现在这般被关心，仿佛终于可以卸除多年来为了保护自己而伪装的多刺外表。坦内吉克开始在她的另一只手腕上刺青，其他妇人也已经准备好了芮恩的新衣服，用她们饱受风霜的棕色大手将衣服拉平。

芮恩的新衣服包括了外穿的裤套、一件背心，还有鸭子皮制的内穿裤套，内面有温暖的羽毛；一件银亮的海豹皮外套，并且细心地缝上了她的氏族动物羽毛；兔毛的内层手套和耐用的外层手套；雷鸟羽绒的拖鞋，搭配用小海豹皮毛制的柔软长袜。为了防水，还有去毛海豹皮制成的神奇靴子，用编织的腱线当鞋带，鞋底被细心地做出褶皱

防滑。

"太棒了!"芮恩喃喃说,"可是我没有东西当回礼。"

女人们听了先是惊讶,继而大笑。"我们才不要回礼!"其中一人说。

"等'黑暗时间'的时候你再回来。"另一个人说,"我们会给你做一套冬衣。这些只是春装!"

唯独亚酷米克没有笑,她默默把针线放进一个骨制小盒中。芮恩注意到上面有些小齿痕,就问那是谁咬的。

"我的宝贝。"亚酷米克回答说,"他那个时候在长牙。"

芮恩会心地一笑:"他现在应该已经过了那个阶段了吧?"

"嗯,是已经过了。"亚酷米克冷冷的语调却让芮恩不寒而栗。"那边躺着的就是他。"她说着指向墙边的一个壁架,里面放了一个僵直的生皮包裹。

"我很抱歉。"芮恩说,同时也很害怕。因为森林氏族通常会把死者放到营区外相当远的地方,以免他们的灵魂侵扰生者。

"我们会把死者留在屋内,直到春天到来。"亚酷米克说,"以免他们被雪狐啃食。"

"也免得他们感到孤单。"坦内吉克用轻松的口气补充,"他们和我们一样喜欢聊天。当你看到一颗星星正在飞快地旅行,那就是他们之中有人出发去拜访朋友了。"

芮恩觉得这个想法很能安慰人心。

亚酷米克捏了一下自己的鼻梁,忍住心中的悲伤说道:"厉鬼在一个月前夺走了他。现在他们也夺去了我的大儿子。"

芮恩想起印努堤路克曾经提到过,有一个男孩在冰面上失踪了。

"我的伴侣发烧死了。"亚酷米克继续说,"然后我的母亲感觉自己的时间快到了,就默默离开等死,不想浪费年轻人的食物。如果我的儿子真的再也回不来了,从此我就是孤单一人了。"她的眼睛暗淡无神,就好像被夺走了亮光。芮恩看过这种情况,那表示她的灵魂生病了。

如果我失去了狼，那我就什么都没有了。她终于了解了托瑞克的意思。他一出生，母亲就死了，然后恶熊杀死了他的父亲，他从来没有见过其他的族人。他是她见过的最孤单的人，尽管她自己也失去过亲人，但她知道，对托瑞克来说，就像对亚酷米克，这样的悲伤记忆还太过鲜明，如果他失去狼……她在心里揣度，要如何解除他心中的疑虑？

"好了！"坦内吉克说着跳起身来。

芮恩检视自己手腕内侧的黑色弯曲线条，她感觉自己拥有更大的力量、受到更多的保护。"谢谢你。"她说，"现在我要去找我的朋友了。"

"把这拿去。"坦内吉克说着，递给她一个小药袋，那是天鹅脚部的鳞状皮肤所制，连鹅爪都还留在上面。

"里面是什么？"芮恩问。

"你可能会需要的东西。"她靠过来，用气音接着说，"听好了。长者们在那夜的星相中还看到了其他的东西，我们不确定那代表什么，但我隐约觉得你可能会知道。"她顿了一下，"那是一支治疗者用来诱捕病者灵魂的三叉耙子，但是这个耙子并非善物。"

听到这里，芮恩不禁用手指紧抓住药袋。

"哦。"坦内吉克说，"这显然是你最害怕的事。"她轻抚芮恩的手。"去找你的朋友吧。等时机到了，就把心中的秘密告诉他。"

芮恩回到主屋，只见白狐族人纷纷准备休息。大多数人都已经睡成一堆，少数人在那边剔牙，或是处理冻僵的靴子，好让隔天早上比较好穿。托瑞克在卧铺上已然沉沉睡去。

芮恩钻进自己的睡袋，思索该怎么做。白狐族人观测到的星相，证实了她心中多日来的恐惧：食魂者捉走了狼……她真的不敢告诉托瑞克，他还能够承受吗？

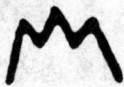

印努堤路克摇晃她的肩膀，把她叫醒。其他人都还在睡，她从雪屋的小缝中看到月亮已经低垂，应该很快就会天亮。托瑞克不见了。她立刻坐直身子。

"他在外面等着呢。"印努堤路克掩着嘴巴说，"跟我来！"

他们经由通道先爬到小雪屋，芮恩换上了那些陌生的新衣服。夜晚的空气冰冷刺骨，但没有风，雪地在低垂的月光中闪耀，地面表层已经结冻，必须小心行走。有几条狗嗅到他们的气味，略有骚动，但随即趴下继续睡觉。

托瑞克已经等候了一会儿，他也换上了新装，他穿着银色外套的模样芮恩险些认不出。"他们要帮我们逃走！"他低声说，眼中闪烁着兴奋之情。

"他们是谁？"芮恩用气音说，"而且怎么会？"

印努堤路克已经消失在黑暗中，回答问题的是托瑞克："我全告诉他了。你是对的，他们真的知道'毒蛇之眼'！还有那个女人——亚酷米克，她会告诉我们哪里可以找到！"

芮恩非常惊讶："可是，我以为你不信任他们。是什么改变了你的想法？"

"你啊！"他说着露出难得的狼式微笑，"我偶尔也会听你的话。"

印努堤路克示意他们过来，于是他们跟着他一路走到冰面边缘。芮恩看到黑暗中闪动的水光，闻到海洋的浓郁气味。他们一直往前走，只见水道越来越宽，然后托瑞克碰了一下她的手臂："你看！"

她惊呼："一艘皮船！"

那艘船足足有十步长，相当坚固，是用去毛的海豹皮贴覆在鲸骨架上制成的。他们的行李早已安放在船尾，前端则有两支双叶桨。

"这条水道是通往大海的。"印努堤路克说，"一旦到了大海，切记不要让陆地离开视线，而且要远离冰河口。"

"你说过没有人活着穿越冰河。"托瑞克说。

那张圆脸咧嘴一笑："可是有很多人划船绕过去！"说完他就收起笑容。"要注意黑色的冰，它们比白色的冰更坚实，可以让你们的船瞬间沉没。当你看到水面有一块黑冰，其实早就经过了好几块。"

芮恩心想，要怎么在海洋上看出黑冰？托瑞克掂量着木桨，一副跃跃欲试的样子。"我们要怎么找到'毒蛇之眼'？"

亚酷米克从暗处现身，拿着刀子在雪地上·画图说明。"跟着北极星走，穿越冰河。"她说，"从这里划船约要一天的时间。当你看到一座看似三只乌鸦栖息在一块浮冰上的山，就在它底下找个结冻的岸边停下，然后攀爬西北侧蜿蜒的山脊。"

"可是，那究竟是什么？"芮恩说，"我们怎么知道找到了？"

两个白狐族人不约而同地颤抖，做了一个手势。"你们自然会知道的。"亚酷米克说。

"如果你们冒险进入，但愿守护灵保佑你们……"印努堤路克边说边帮他们登上皮船。

托瑞克自信地操纵他的桨，芮恩则有点不安，她从来没有这方面的训练。"你为什么要帮我们？"她问白狐族人。

"那些长者不认识你们，但他们认识我。"印努堤路克说，"只要我稍作解释，他们就不会生气了。此外……"他又说，"就算我不帮你们，你们还是非去不可！"

亚酷米克看着托瑞克的脸："你和我一样失去了亲人。如果你可以找回他，或许我也可以。"

托瑞克想了一下，伸手在背包里搜寻，然后把一些东西塞到她手套里："拿着。"

她皱着眉说："这是什么？"

"野猪牙。我差点忘了我还有这些，它们是很特别的，属于我一个朋友生前所有。请帮我奉献给风灵，祈求我们两个人的平安。"

印努堤路克表示同意，亚酷米克则难得地露出她洁白的牙齿，这是芮恩第一次看到她微笑："谢谢你！愿守护灵与你们同奔！"

"也与你们同在！"芮恩低语。

然后他们就出发了，以桨叶划开黑水，朝大海前进，寻找狼。

第十四节

陌生的狼群在很多步以外的地方嗥叫，狼听着感到格外孤寂。他听出那个狼群的数量不少，而且每一只狼都聪明地变换嗥叫的声调，以至于听起来比实际数量更为可观。狼当然很清楚这样的把戏，他在圣山和狼群同奔时也学到了这些。

他的脑海里浮现出一幅景象：一群狼对着月亮快乐地抬高口鼻。他渴望能尽情地嗥叫呼应，现在却只能被压在可恶的鹿皮底下。嗥叫已然成为回忆。

无尾攀过山脊时，滑动的树碰撞得很厉害。狼迫使自己提高警觉，因为他的狼兄弟随时会来救他。但是越来越难办到，他的喉咙干裂，尾巴剧痛难当。之前，当他们一起在大海上乘坐那些恐怖的漂浮生皮，他也曾经觉得很不舒服。他的肚子很痛。

其他的生灵也同样在受苦：海獭已经陷入绝望的沉默，尽管狼嗅出它还没有死；山猫和狐被"白毛"捉来绑在另一棵滑动的树上，从天亮时就没有再出声了；只有狼獾还不时发出愤怒的嘶吼。

陌生狼群停止嗥叫，白色的山丘顿时一片寂寥。狼知道，现在狼群里的狼应该是彼此舔舐嗅闻，准备夜间的狩猎行动。以前他和"无尾高个子"去狩猎时，也总是互相舔舐，嗅着对方的气味，鼻子碰鼻子，当然只有狼有尾巴可以摇。

滑动的树转到风口，他嗅到这里已经很接近山区。他感应到这些无尾相当兴奋，猜想这趟漫长的旅程终于到达终点。"臭皮"跑过他旁边，从鹿皮之间塞进一块雪，狼用受缚的前爪接过，嘎吱作响地咬着。他的意志力已经很薄弱，无法再拒绝他们给的任何东西。

前方不远处，"白毛"在跟"蛇舌"讲话，他们看了他一眼，然后就开始爆出无尾式的笑闹声。他顿时感到备受屈辱，在盛怒中，他想象自己挣脱了鹿皮，跳向可恶的"白毛"，撕裂他的喉头，鲜血狂喷……

但那只是他的想象。他越来越虚弱了，现在就算挣脱，也没有力气扑倒"白毛"。他很担心，等"无尾高个子"和他的狼群姐妹赶到时，他或许已经太过虚弱，根本无法和他们并肩作战。

眼前出现一座山。风停了，狼嗅到这里的猎物很少，而且没有狼，他不禁感到毛骨悚然。滑动的树突然晃动，然后停住。在山的右侧，一团火在怒吼，沉静不动的"石脸"在一旁等候。

她站着，前掌在身体两侧紧握。狼感应到，她其中一只前爪中握着某种咬起来很冰凉的灰色发光物。她的身躯不动如山，然而她映在山上的影子不断跳动，宛如碎裂的翅膀。自从那次她出现在嘶嘶作响的白色中，狼就没有再看到或嗅到她，现在，一瞥见她恐怖的脸，让他不禁再度像幼狼般哀鸣。

其他无尾离开会滑动的树，走过去找她。他们很害怕，但是就像以前，他们彼此依然不露声色。"石脸"以沙哑的声音说话，这群无尾盘踞在火旁，开始摇来晃去。他们不断摇来晃去，摇来晃去……狼看着他们，渐渐感到头晕，却无法转开目光。然后，他们发出很平稳的低声嘶吼，砰砰砰，穿透了狼的全身，就像驯鹿蹄拍击在坚硬的地面上，不断持续，越来越快，越来越响，直到他感觉胸口里跳动的心脏发疼。

而现在，高山那边飘来一股夜晚的气息和厉鬼乱舞的味道，宛如一条无形的河流冲过他的身躯。突然间，"石脸"抬起她的前爪——握着那个咬起来很冷的灰色东西——狼惊讶万分地看着：**她竟然把前掌整个伸入火里。**

狼吓得全身僵直，眼睁睁地看着"臭皮"也伸出前爪，接着是"白毛"，然后是"蛇舌"。他看到他们全身摇来晃去，口中始终吼着那快速有力的叫声，前掌没入发出爆裂声响的火里。

他们同时发出胜利的嚎叫，然后缩回前掌。狼简直不敢相信他的鼻子，他们的前掌并没有被火烧过的焦肉味！狼嗅到他们的手是冰凉的！**这些无尾究竟是何方神圣，居然连火都不敢咬他们？**

狼心中的恐惧难以言喻，因为他不仅替自己感到害怕，更为他的狼兄弟担忧。"无尾高个子"和"无尾女孩"确实很聪明，也很勇敢，而且他们有箭。但是，他们若想攻击这些奇怪的坏无尾，恐怕只会粉身碎骨。

第十五节

"水里是什么？"芮恩嘘声说。

"一只海豹。"托瑞克回头说。

"你确定？"

"不确定。"

"看起来像冰熊。"

"如果真的是冰熊，我们应该早就知道了。"

可是她看到了一个淡色的身影滑过黑水，潜到皮船底下。

"印努堤路克说这里会有白鲸。"托瑞克说，"或许你看到的是白鲸。"

芮恩觉得很讨厌，他听起来一点都不害怕，而且他比较会划皮船。或许他一心一意只想找到狼，以至于忘记害怕。潮水让皮船涨高，她努力划着桨，试图不去想底下有什么。海洋母亲只要轻轻弹一下手指，就可以把他们翻覆，让他们沉入无底的黑暗之中，他们将张大嘴巴无声地尖叫，海底的鱼会把他们活活生吃，隐形人将用他们绿色的长发缠住他们的身躯，直到永远……

"小心一点！"托瑞克说，"你溅了我一身水。"

"对不起。"她的手臂很痛，尽管戴了猫头鹰眼罩，强光仍照得她头昏脑胀。天亮后没多久，他们就划到大海，现在正置身一个深绿水域与蓝色冰山漂浮的诡异世界：东边是白色无垠的海岸，北边是广阔而散乱的冰河。

"这样太慢了。"托瑞克喃喃说着。他加快速度，划到一座漂浮的冰山后面。

"我们不应该靠那么近。"芮恩说。

"有什么关系？这样就吹不到风。"

她认真划桨。在浅绿色的冰山脚下，三只海豹躺在那边晒太阳。她定神地看着他们，告诉自己不要担心。没有用，她还是很担心。托瑞克一心只想找到狼，顾不了其他，芮恩开始怀疑事情的发展会不可收拾，她还没有告诉他食魂者的事情。

一座较小的冰山漂过他们身边，不知要往哪里去。她感觉到它冰冷的气息，听到海洋不断拍打推拉，在冰山侧翼雕出新的凹痕。那个凹痕就像一个烙印的蓝色椭圆形，就像一只眼睛，她心想。

"毒蛇之眼。"她突然说。

"我也正在想。"托瑞克说，"那不可能是指一条毒蛇的眼睛，这样的极北之地应该不会有毒蛇。"

"而且印努堤路克说'如果你们冒险进入'……"

他转向她，戴着猫头鹰眼罩的脸看起来格外陌生。"我想我已经猜到了。"

"我也是。"芮恩说。

他不禁颤抖："我希望猜错了。我最讨厌洞穴。"

他们静静划着桨。为了鼓舞他的精神，芮恩伸手到背包里摸索食物。白狐族人帮他们做了很好的准备，除了一小桶油脂，她还找到冷冻的海豹肋排与血肠。她把肋排切成两片，一片给托瑞克，冷冻肉吃起来砂砂的感觉，她真想念杜松果的气味，但她更想念白狐族人。"我觉得对他们很不好意思。"她说。

"为什么？"托瑞克满嘴食物地说。

"他们给了我们好多东西，我们却这样逃跑。"

"谁叫他们要送我们回南方？"

"但是他们为我们设想得这么周到：雪刀、油灯、好的水壶，还给我新的打火石，为我的弓准备了漂亮的盒子，甚至还有维修皮船的工具箱。"她说着拿起一个海豹鞣制的袋子。

托瑞克根本没在听，他专心在划桨，眼睛直视前方。

"怎么了？"芮恩说。

在他们前面的冰山上，海豹已经醒来。芮恩大惑不解。"可是我们的食物够吃了。"她低声说，"我们不能停下来狩猎！"

他不加理会。突然间，海豹从冰面滑到水底。同时，托瑞克猛力操纵木桨并大吼："转弯！转弯！"匆忙把皮船急转向左边。

困惑中的芮恩只能照办。等他们闪到一边，恰巧避开冰山的碰撞，轰隆一声巨响，雷击划破天空，冰山应声偏斜，掉入海中，掀起一道水墙，啪地击中他们先前所在的位置。他们喘着气上下晃动。原本耸立的冰山只剩一片白色。

"你怎么事先知道的？"芮恩说。

"我不知道。"托瑞克说，"但海豹知道。"

"你又怎么知道它们的心思？"

他略为迟疑："它们是用须毛去感应。去年夏天我曾经心灵行走到一只海豹身体里，记得吗？"

芮恩不安地舔掉自己嘴唇上的海盐。她几乎忘了，或是刻意不记得，她不喜欢想到他是如此与众不同。

他看出了她的心思。"走吧！"他说，"还有很长的路。"

他们往前划行，一路远离冰山。芮恩感觉到他们之间的距离，很多事情彼此都不愿意说出口，她必须尽快告诉他食魂者的事。

起风了，寒风刮过他们的脸。穿着白狐族特制的服装，她并不觉得寒冷。海豹皮是防风的，却比鹿皮还要轻盈，鸭子羽毛的内衣让她觉得很温暖，而且可以排汗，这样才不会着凉。外套上的帽子的狗毛滚边让她的脸觉得很暖和，也不会因为呼吸的气息而冰冻结块，她的内层手套是每根手指头分开的，方便做一些比较细微的手部动作，比如打开袋子。衣服很漂亮，银色的毛在阳光底下闪闪发光，但是这一切都让她感觉不像自己。

她手腕内侧的闪电刺青也让她觉得自己不一样了，她有点纳闷坦内吉克为什么要帮她刺青。白狐族的巫师似乎知道一些她原先以为只有莎恩和芬·肯丁丁才知道的事情，一些芮恩始终深藏在心里的秘密。但让芮恩最困惑的是坦内吉克最后送她的礼物：一个天鹅脚制的小袋，里面装有煤灰和海草味的黑色粉末。这究竟是做什么用的？

"你看！"托瑞克忽然说道，打断了她的思绪。

他一路上把船划在离岸边较远的海面，她现在知道为什么了。东

边有一条发亮的白色冰河，高耸的尖刺宛如令人炫目的悬崖，上面布满深蓝色的裂缝。芮恩听到远处传来砰的一声，只见一根巨大的尖刺断裂，掉落海面。粉碎的冰尘像云朵般射向天空，一道绿色的波浪朝他们翻涌过来，摇晃着皮船。倘若我们的船再靠近一点的话，她心想，肯定会被击碎，步上我父亲的后尘。

"不要多想。"托瑞克沉着地说。

她重新拿起木桨，插入水中划着。太阳已然低垂，他们早已绕过冰河，巨型冰山终于映入眼帘。那片死寂的白色大地上有三个高高突起的尖峰，果然很像乌鸦在冰上栖息的样子。芮恩从来没有见过如此孤寂的景象。两个冬季以前，她的族人曾经旅行到高山区的最北端，当时她以为已经抵达世界的尽头，而现在，她觉得好像掉到世界尽头以外了。托瑞克显然也有同样的感觉，他脱下一只手套，抚摸自己的氏族动物皮毛。

在冰山西侧的南边，他们找到亚酷米克在雪地上画的冰封海岸。终于可以下船了，他们松了一口气，尽管双腿都已麻木。他们再次由衷感谢白狐族人的慷慨，皮船很好搬动，而靴底的防滑皱褶让他们可以安心在冰上行走。他们把皮船藏在一座雪丘的背风处，把它倒转过来，用四根分叉的木棍支撑。

"印努堤路克把这些称为海岸棍。"托瑞克对芮恩说，"也可以用这些把船搭建成帐篷。"

芮恩其实很想建议现在就应该搭帐篷，因为已经接近傍晚，影子逐渐转为紫色。但她知道托瑞克不会听的，他已经开始搜寻足迹。他很快就有所发现——几条被卷起的雪痕。

"两个雪橇。"他皱着眉头说，"很重，往山区。很新。"他说完站起身来，"走吧。"

芮恩颤抖，一瞬间，她感觉食魂者如此接近。"等等。"她说，"我们需要思考。"

"为什么？"他不耐烦地说。

她有点迟疑："一个白狐族妇女告诉我一件事，我一直想找机会跟你说。"

"嗯？"

她压低声音说："托瑞克，是食魂者，是他们捉走了狼。"

"我早就知道了。"他说。

"什么？"

他说出自己心灵行走到乌鸦身体里时所看到的一切。

"你为什么不告诉我？"她生气地叫道，"你已经知道好几天了！"

他沉下脸来，用后脚跟踢着雪。"我知道我应该要说，可是我不敢说，我怕你听了之后就想回森林。"他说着脸色越来越难看。"如果你走了……"

突然间她为他感到难过。"我已经怀疑好几天了，但就算我知道也不会走。现在也不会走。"

他和她四目交接："那……我们往前走。"

她故作镇定地说："是的，我们往前走。"

他们看着食魂者的足迹沿着山路蜿蜒而上。芮恩说："万一这是陷阱呢？"

"我不在乎。"他喃喃说。

"万一他们听说有一个狼族少年是心灵行者的传闻？倘若他们捉到你，夺取你的力量，进而危害整个世界呢？"

"**我不在乎**。"他重申，"我一定要找到狼！"

"要不要伪装一下？"芮恩说。

"什么？"

"那可以掩盖气味。或许这就是坦内吉克事先想到的，她给了我一些必备的材料。"

托瑞克先是往前走了几步，然后转身回头看她："要怎么做？"

他们没花多长时间就易容完毕。氏族刺青不是问题，他们的脸因

为连日的冰雪风霜而冻伤发红，反而让刺青条纹变得很不明显。芮恩把坦内吉克给她的粉末调水，然后在托瑞克的鼻子上画上一道模仿白狐族刺青的黑色横条，她还把他的长发剪到齐肩，前面修成齐眉的刘海。他实在太瘦了，一点也不像白狐族人，但他身上穿的衣服或许可以多少掩饰。

她调了更多粉末把自己的头发染黑，也把自己脸上的肤色抹黑一点。然后她让托瑞克帮忙，用药罐里的红土在她的额头划上Z字形条纹，好让她伪装成山兔族。

他有点不安："你看起来一点也不像芮恩。"

"很好。"芮恩说，"你看起来一点也不像托瑞克。"

他们看着对方，彼此都不愿承认心中的忐忑不安，然后他们就出发了，沿着食魂者的足迹往前走。雪橇被拉上一个环绕冰山西侧的山脊，就像亚酷米克所形容的。当他们往上攀爬，阴影逐渐从紫色转为深灰色，他们经常停下脚步聆听，但没有任何生灵的迹象。没有老鹰盘旋，也没有乌鸦鸣叫。

空气越来越冷，风停了，一片寂静，唯有他们行走时靴子发出的嘎吱声。然后——突兀到有点吓人——他们看到了雪橇，很随意地被弃置在小径上。在追踪了那么多天的细微线索之后，突然看到实实在在的木头和皮革，不免令人心惊，这表示食魂者近在眼前。他们可以感觉出来，于是赶紧把背包和睡袋藏在离雪橇不远的雪地里。芮恩看得出来，托瑞克很舍不得把父亲的蓝色石板刀留下来。

"可是这样太危险。"她对他说，"他们认识他，可能会认出这把刀。"

他们决定带白狐族人帮他们准备的水壶、一点食物和各自的刀。芮恩还带了她的弓，她原本也想带斧头，但托瑞克很怕白狐族长老看到的景象会成真，所以不愿冒险带斧头。

雪橇再过去二十步，有一条路径环绕着一块突起的石脊。他们停下脚步观望，一座荒凉的高山耸立在他们面前，高山被夕阳染红，山腰上有一个黑洞,洞口前竖立着一根宛如警告的高大石柱。黑暗的洞口溢出白色的雾气,黏湿的藤蔓向他们伸展过来,散发着惊恐与厉鬼的腥气。没有希望了,如果食魂者把狼捉到里面去……

芮恩回头,第一次看到整座冰山的全貌,有如一只巨灵从雪地探出头来,一条冰河向东摆动迂回的身躯,然后转弯没入大海。

托瑞克也看到了。"我们找到毒蛇了。"他低语。

"我们就站在它的面前。"芮恩轻声说。

他们面对高山,望着高大石柱后方的黑洞,宛如一对炯炯有神的眼睛。

"就是那对'眼睛'了。"她说。

ΛΛ

托瑞克取下猫头鹰眼罩,收到药袋里。"他们在里面。"他说,"我可以感觉到。狼也在里面。"

芮恩咬着下嘴唇:"我们需要考虑一下。"

"我已经考虑够多了。"他回头。

她挽住他的手臂,硬把他拉到一块岩石后面,躲开巨眼。"这样贸然闯入是没有意义的。"她说,"除非我们先确定狼还活着。"

他没有回答。然后,让她惊恐万分的是,他居然用双手围住嘴唇要发出狼嚎。

她抓着他的手腕:"**你疯了吗?他们会听到的!**"

"听到又如何?他们会以为是一只狼!"

"你怎么知道?托瑞克,那不是一般人,这些人是食魂者!"

"那又如何?"

"还有其他办法。"她拿掉手套,摸着包裹在外套里面的颈部,找出他以前给她的鸡骨哨子。她吹了一下,他们听不见声音,但狼可以听到。没有动静,死寂的空气里连一丝微风都没有。

"再一次。"托瑞克说。

她又吹了一次，又一次。还是没有回音，她不忍心正视他的眼睛。

然后，从高山深处传来微弱的狼嚎。托瑞克的脸顿时发光："我就知道！**我就知道！**"

狼嚎声拉得很长，声音颤抖而飘摇，连芮恩都听得出来其中的悲惨与痛苦。声音拉到顶点……随后戛然而止。

第十六节

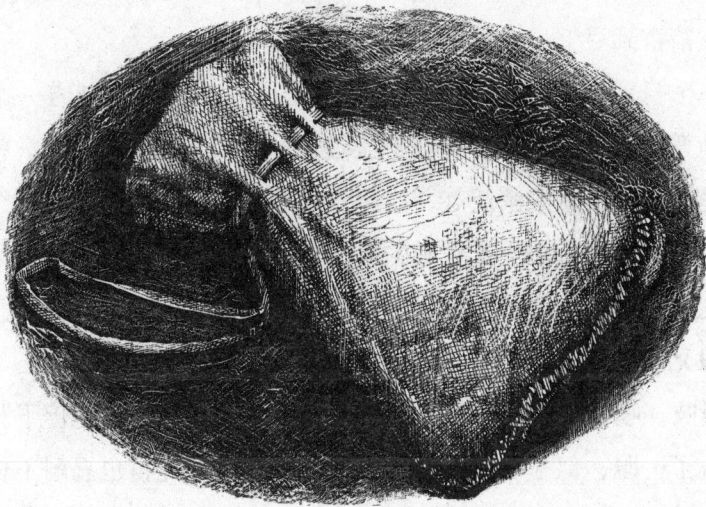

"狼！"托瑞克叫道，整个人忘情地往前跑。

芮恩把他拉回来："托瑞克，不要！会被他们听到的！"

"我不管，放开我！"他使出全身的力气把她推开。

她整个人被撞倒在地，两个人互相盯着对方，都被这突发的暴力吓了一大跳。他伸出手要扶她，但她自己站起身来。"你难道不懂吗？"她虽然生气，但仍尽量压低声量，"如果你贸然闯入那个洞穴，就会落入他们的手掌心！"

"可是他需要我！"

"你自投罗网就能救得了他吗？"她说着把他拉到小路下坡，离开巨眼的视线。"我们必须计划！他在那里面，现在我们知道了。但是如果我们鲁莽进入，谁知道会发生什么事？"

"你也听到狼嚎了。"他咬着牙说，"如果我们再不进去，他可能就会死了！"

芮恩想反驳，却顿时定住，托瑞克也听到了，斜坡上传来脚步声。他们两个同时一个箭步躲到雪橇后面。嘎吱，嘎吱，脚步声并不急，慢慢走近。托瑞克悄悄拔出刀子，旁边的芮恩也把手套脱掉，拿出一支箭搭到弓上。

一个身穿斑驳海豹皮衣的矮胖男子出现，肩膀上扛着一个灰皮袋，他弯着头，脸被外套的帽子盖住，看起来并未携带武器。托瑞克越看越生气，不禁眼睛泛红，心想：这是他们的同党，就是这个恶人捉走了狼。他的脑海里浮现狼的影像，他在森林的山丘上意气风发，银色皮毛在阳光的映照下闪耀着金黄色的光辉。他仿佛听到焦急的狼嚎：**狼兄弟！救我！**

嘎吱，嘎吱，嘎吱。那人几乎已经走到他们旁边。他停下脚步，往后看了一眼，似乎有点不情愿再往前走。托瑞克再也忍耐不住，一个箭步冲出去，用头猛撞那人的肚子，把他扑倒在雪地上。

那人躺着喘气，然后他以惊人的速度翻转侧身，踢掉托瑞克手上的刀子，并且捉住他的帽子，很用力地把他整个人扭转过去，压倒在

雪地上。他的力气大到惊人，几乎要令人窒息，托瑞克感觉到对方强壮的脚束缚住他的手臂，压得他的胸口发疼，火石刀紧抵着他的喉咙。

"给我住手！"芮恩冷冷地说，一步上前，对准那个人的心脏。

托瑞克感觉自己胸口被松开，帽子被放开，颈部的刀子也被丢开。

"求求你！"那个攻击托瑞克的人突然跪地求饶，"不要伤害我！"

芮恩的箭仍搭在弓上蓄势待发，她用脚把托瑞克的刀子踢回去给他，命令那个人站起身来。

"不，啊，不要！"那人不断哀求，蜷缩在她的脚边。"我不敢正视权力的尊容！"

托瑞克和芮恩交换了一个惊讶的眼神。那人匍匐着，满地摸索他在攻击时掉落的灰皮袋。托瑞克很吃惊地发现，他并不是一个成年人，而是一个男孩，大概和他同年，尽管体重大约是他的两倍。只见他的鼻梁上有着白狐族的横条刺青，害怕的汗水让他的一张圆脸泛满油光。

"他在哪里？"托瑞克说，"你们把他怎么了？"

"谁？"那男孩哭着问。他看到托瑞克的刺青，不禁目瞪口呆："你不是我们的族人！你究竟是谁？"

"你在这里做什么？"芮恩插嘴问道，"你并不是食魂者！"

"但我有一天会是。"那男孩竟然极力反驳，"他们答应我的！"

"我问你最后一次，"托瑞克举起刀子靠近说，"你们把狼怎么了？"

"走开！"那男孩惊呼，急得像螃蟹一样满地爬。"如果……如果我尖叫的话，他们就会听到的。他们会来救我，他们有四个人！你要他们过来吗？"

托瑞克看着芮恩："四个？"

"不要碰我！"那男孩往斜坡上方爬。"是我自己选择这条路的，没有人可以阻止我！"他听起来比较像是要说服自己，这让托瑞克想到一个主意。

"你的袋子里有什么？"他故意问，想让那男孩多说一些。

"一只……猫头鹰。"那男孩结结巴巴地说，"他们要拿来当牲礼的。"

"可是，猫头鹰是猎者。"芮恩语带指责。

"狼也是猎者。"托瑞克说，"水獭也是。你的主人在那边做什么？快告诉我们，否则的话……"

"我不知道！"男孩哭喊着，继续往上爬。

他们跟着他，又看到了巨眼黑洞。"你的主人们……"芮恩小声地说，"他们有没有提到一位心灵行者？快告诉我实话！你的谎话骗不了我！"

"**心灵行者**？"男孩睁大眼睛好奇地问，"在哪里？"

"他们有没有提到？"托瑞克问他。

"没有，没有，我发誓！"他现在已是满头大汗，浑身散发出油臭味。"他们是来举行祭典的！我只知道这些。我用我全部的三个灵魂起誓！"

"你居然违背氏族的法律，帮他们捕捉猎者作为牲礼。"芮恩说，"只因为他们给了你一个空洞的承诺？"

托瑞克把刀子收起来，朝那男孩走过去。"你妈妈很想你。"他说。

他没猜错。那男孩一听到这句话，整个人就垮了。芮恩还在迷惑，但托瑞克不管她，如果她知道他要做的事情，一定会阻止他。

"快离开这里！"他告诉那个男孩，"趁现在还来得及，快回去找亚酷米克。"

那张泛满油光的脸在恐惧与野心之间挣扎。"我不能……"他喃

喃说。

"如果你现在不走，一切就来不及了。"托瑞克说，"你的族人会遗弃你，你就再也见不到他们了。"

"我不能。"男孩啜泣着。

从巨眼的深处传来一个声音："小孩！时间到了！"

"我帮你。"托瑞克低声嘶吼，一把抢过男孩手中的袋子，把他推到下坡路。"走，快走！"说完，他就把袋子扛到自己肩上。"芮恩，我很抱歉。但是我非这么做不可。"

她这时才恍然大悟。"托瑞克！不行，这样行不通。他们会杀了你！"

他转过头去，大声响应食魂者的呼唤："我来了！"然后他就跑上小径，往"毒蛇之眼"而去。

第十七节

从暮色可见的山路进到黑暗之中，托瑞克顿时目盲。

"眼睛闭起来。"他前面有一个声音说，"让黑暗来引导你。"

托瑞克及时把帽子拉下来，一个人影已经拿着劈啪作声的松脂火炬朝他走过来。声音听起来应该是男的，可是当他从帽子里偷偷看一眼时，发现竟然是个妇人。她的身体很重、很壮，脚严重弯曲变形，走起路来一拐一拐的。她的身材和其他部分很不搭调：她的眼睛很小，却有一个大鼻子，尖尖的耳朵让托瑞克联想到蝙蝠。他不认识她的氏族，两颊上的钉状刺青是他从没见过的。吸引他目光的是她胸前一块骨制护身符：诱捕灵魂的三叉耙子。

"你去了很久。"食魂者说，"捉到了吗？"

托瑞克掩住脸，交出袋子。猫头鹰在里面虚弱地扭动着。食魂者哼一声，然后转身跛行往洞里走。托瑞克回头看，今日最后的余晖已经很遥远。他把袋子扛在肩上，继续跟着她往前走。

食魂者虽然有一只弯曲的跛脚，却走得很快，从她手里晃动的火炬，他只看到一闪一闪的光影。脊状的红色石墙就像怪兽的咽喉，长长的隧道像肠道一般苍白而曲折，黄色的火光闪烁，继而消失在幽暗中，还有从不停歇的水滴声。

随着他跟跄向前，逐渐领悟到自己的鲁莽愚蠢，一旦食魂者看到他的脸，就会知道他不是那个白狐族男孩。而且他们很可能会从他的五官看到他父亲的影子，又或许这一切早在他们的预料之中，这是陷阱。

他们不断往下走，不断往下。岩缝里流出不洁的暖气流，像蛛网般黏在脸上，喉咙吸入刺激的酸气。

"用嘴巴呼吸。"食魂者喃喃说。

爸爸以前也会这样告诉他，听到敌人讲同样的话，不免让他胆战心惊。在他的前方，托瑞克看到红石串成的薄片幕帘，像是染红的生皮在飘扬，层层幕帘之间，似乎有生灵隐身在光影外。他的头撞到一块石头，然后跌倒，触地的手指陷入黑色软泥中，还有一大堆灰色的

小虫，让他不禁发出作呕的呼声。

一只强而有力的手抓住他的手臂，把他拉起来。"安静！"食魂者说，"这样会惊扰到它们！"然后她对着黑暗说："好了，好了，我的小可爱。"成千只蝙蝠发出吱吱尖叫，翅膀沙沙作响，就好像是在回答她似的。

"温暖的空气把它们唤醒了。"食魂者喃喃说。把手放在隧道的墙上，还叫托瑞克也摸摸看。他伸手一摸，立刻把手缩回来，岩壁摸起来有刚死去尸身的余温，他知道只有一种情况会这样——异世界。

"是的，异世界。"食魂者说，仿佛看透他的心思。"你想想看，我们为什么要到这里来？"

他不敢回答，这好像触怒了她。"不要让蝙蝠看到你的眼睛。"她狰狞地说，"他们喜欢冲向任何有光的地方。"

突然间，隧道宽敞起来，形成一个低矮的长形洞穴，颜色像是干掉的血迹。洞穴里的气味就像是摆放了一整个夏天的贝肉，腥臭到让人眼泪直流，托瑞克不禁反胃作呕。但他随即忘了臭味，岩石底下原来还有许多较小的洞穴，有的用石板隔起来，他听到里面传来一只狼獾的嘶声。

他的心跳加速，既然有狼獾，可能也会有一只狼。他在嘴里咕哝一声狼一定认得的哀鸣：是我！没有回答。失望像潮水般淹没他，就算狼还活着，他不在这里。

"不要哀叫。"食魂者痛斥他，"振作起来！如果在下面迷路，永远别想会有人找得到你！"

更多的隧道，到最后托瑞克已经头晕目眩。他怀疑食魂者是故意带他走迂回的道路，让他失去自制力，在那张尖锐的脸背后，他感应到一颗敏捷的心。**扭曲的脚，飞奔的思绪**。原来这就是行者话中的含意。

他们进到了一个很大的洞穴，托瑞克脚步踉跄，眼前浮现一座森林，一座石头森林。阴暗的树丛向上伸展，寻找永远无法发现的阳光。岩石瀑布冻结在无尽的冬季里。当托瑞克跟着晃动的火炬往前走，一股恶心的热气让他的额头直冒汗。隐约中他听到有涓涓细流，看着寂静的水池和扭曲的树根，他瞥见梦魇般的身影在岩石上重叠显现，有些蹲伏在他的上方，有些半隐在水中。当他定神一看，却消失得无影无踪，但他仍可以感觉到他们的存在，岩石中的隐形人。

食魂者领他到一大块绿色岩石旁边，那块岩石看起来就像曾经被难以想象的暴力猛烈劈过。他听到声音，知道有人在看他，他的脚碰到石树根，整个人被绊倒在地。洞穴里响起爆笑声。

"那是什么，妮芙？"一个女人嘲讽地说，"终于把你的养子带来了吗？"

托瑞克的心开始狂跳。就算他可以骗过一个食魂者，但要骗过他们全部，恐怕需要更多的机智。他整个人跪倒在地，开始哀求："不要，啊，我不敢正视权力的尊容！"

"又来了！"妮芙哼道，"他甚至不敢正眼看我！"

托瑞克心中燃起一线希望，如果他们尚未见过那个白狐族男孩的脸……

一根冰冷的手指滑过他的脸颊，让他不寒而栗。"如果他不敢正视蝙蝠族的巫师妮芙。"一个妇人在他的耳边低语，"那么他，是否敢正视蛇族的巫师舍丝露？"她说着忽然拉下他的帽子，他惊觉自己眼前出现一张完美无瑕的脸：深不可测的蓝色猫眼，美到令人窒息的嘴唇，黑色的长发向后挽起，露出高挑的白色眉毛，鲜明的黑色箭头刺青，宛如一条毒蛇的斑纹。

蛇族的巫师端详着他，就像一个猎人欣赏自己的战利品，他遭遇到一双绝美的眼神，一方面深受吸引，另一方面却倍感厌恶。她美丽的五官透露出一种紧绷的轻蔑之情，除此之外，没有其他的讯息，她并不知道他的真实身份。

"白狐族的男孩有这么瘦的吗？"她说，"妮芙，你真令人失望，找来这种小角色。"她把冰冷的手伸到他的外套里，在他的颈部

摸索，然后轻声笑道："这是什么？这个小孩还带了刀子呢！"

"刀子？"蝙蝠族的巫师说。

那是芬·肯丁为他制作的刀，他把刀子连同刀鞘用皮绳套好挂在脖子上。现在，已经被拿了起来丢给妮芙。

"他居然还带了一把刀子！"一个橡树般深厚的男性嗓音嘲弄地说。黑暗中走出一个巨大的身形，托瑞克完全无从抵抗，被他粗暴地扭过手臂，痛得尖叫。

他们笑得更大声，熏了他一身既呛鼻又刺眼的云杉树脂味。"我应该害怕吗，舍丝露？"穿着厚重鹿皮大衣的他简直占据了整个洞穴。"他难道是想威胁橡树族的巫师？"

托瑞克看着那张宛如干枯大地的脸：他的胡须像茂密的灌木丛，乱发像黄褐色的杂草，那双瞪视的眼睛是鲜艳的草绿色。"你是想威胁我吗？"

托瑞克觉得自己就像是一只被山猫擒住的旅鼠。

"泰亚兹，放开他！"蝙蝠族的巫师说，"我们需要他活着，不要把他吓死！"

蛇族的巫师扯开喉咙笑道："可怜的妮芙！就是这么喜欢当妈妈！"

"你懂什么？"妮芙一句话顶回去。

舍丝露美丽的嘴唇紧抿着。

"让我们看看他带来了什么？"泰亚兹说着抓过托瑞克手上的袋子。他拉出一只未成年的白色小猫头鹰，不断摇晃，直到小鹰头晕目眩。从那时候开始，托瑞克就非常痛恨泰亚兹，这个橡树族的巫师显然很喜欢凌虐比自己弱小的生灵。

蝙蝠族的巫师似乎也不喜欢。她跛行向前，把猫头鹰从橡树族巫师手里抢过来，塞回袋子里。"我们也需要这只是活的。"她喃喃说，然后转向托瑞克，指着地板上的一个桦树皮碗，叫他去吃东西。他很惊讶地发现碗里面有一片马肉干和一些榛果。

"去啊!"舍丝露面带一丝诡异的歪斜微笑,"快吃!你需要维持体力。"她说着瞥了泰亚兹一眼,托瑞克感觉他们两个在取笑他。

他假装在吃,但没有吞下去。一种恍如隔世的感觉,上一刻他还和芮恩在外面的雪地里,这一刻已然和食魂者一起置身大地的肚肠里。食魂者,他们连在梦里也不放过我,他们杀了爸爸。现在,终于和他们面对面了,如此神秘而未知,却远比他曾经想象过的一切更加真实。

橡树族的巫师泰亚兹散漫地躺卧在岩石上,嘴里嚼着云杉树脂,黄色的碎屑沾满胡须。他看起来就像是森林里的普通猎人,除了特别喜欢虐待。蛇族的巫师舍丝露把身子靠过去,倚在他身边。她非常地纤细、优雅,身穿柔软的海豹皮束腰长衫,宛如湖上的明月发出幽光。她空洞的微笑让托瑞克不寒而栗,当她舔舐自己的嘴唇时,托瑞克瞥见了她的舌尖:很细小,黑色的。

但最让他感到困惑的,是蝙蝠族的巫师妮芙。她的一双小眼睛狐疑地在泰亚兹和舍丝露之间游移,而且她似乎和他们有很大的隔阂,甚至和她自己也格格不入。

远处传来一声猫头鹰的叫声,舍丝露的微笑顿时枯萎,泰亚兹忽然一动也不动,妮芙口中无声地喃喃低语,伸手碰触自己肩膀上的黝黑色氏族动物皮毛。火炬倾斜,托瑞克万分惊恐地看到第四个食魂者坐在洞穴的深处。可是,那边原先只有黑影。

"看啊!"舍丝露低语,"带面具的来了。"

"欧丝特拉。"泰亚兹沙哑地说,"鹰鸮族的巫师。"

妮芙靠着一根小石柱站起身来,并把托瑞克拉了过去。带面具的,托瑞克心想,他想起行者脸上痛苦的表情。**所有恶人中最残酷的。**

在幽光中,他隐约看见高处一个灰色的面具,闪烁着伟大猫头鹰的双眸,头上覆满猫头鹰的羽毛,还有两个尖耸的猫头鹰耳朵,灰白的卷曲长发披散在饰满羽毛的罩袍上。全身只有手露在外面,指甲往

内弯，有点泛蓝，就像死尸的手指，整只手呈现腐肉般的淡绿色光泽。

"靠近一点儿。"那个人的声音沙哑，有如垂死的咯咯声。

托瑞克整个人被往前推，跪倒在地。他嗅到一股腐朽气味，就像进到乌鸦族的埋骨坟场，他的心顿时被恐惧冻结。猫头鹰面具以折磨人心的缓慢速度靠近他，带着凶狠而邪恶的意志袭击他的心智。就在他快承受不住的时候，面具及时撤退了。

"很好。"他说，"带走。"

托瑞克连呼吸都在颤抖，他爬回到灯火处，火炬摇曳不定。当他鼓起勇气回头再看一眼时，鹰鸮族的巫师欧丝特拉已然消失。但是洞穴里的情况立刻有所改变，橡树族的巫师和蛇族的巫师在石树间穿梭，执行明确的任务，拿出一些托瑞克看不清楚内容物的篮子和袋子。

"来吧，男孩。"妮芙说，"来帮我喂食那些牲礼。然后，你和我必须率先献上第一份牲礼。"

第十八节

当托瑞克跟着蝙蝠族的巫师穿过岩石森林，他仍未摆脱欧丝特拉现身所带来的恐怖气氛。

妮芙把那个装有猫头鹰的袋子交给他。"放在那边。"她指着祭坛附近的一个岩架说，"然后跟我来。"

托瑞克把袋子放下时，略为松开袋子的开口，好让猫头鹰可以呼吸。

妮芙不悦地呵斥他："你不习惯伤害一个猎者，是吗？告诉你，既然想成为食魂者，就不可以心软！"她说着拿起一个火炬，开始穿越曲折的隧道。"你必须为了大家的利益而承受罪恶，你做得到吗？男孩。"

"做……得到。"托瑞克回答得很心虚。

"很快就会知道答案了。"妮芙说，"你多大了？"

他眨了一下眼睛说："十三岁。"

"十三？"她皱眉说，"我儿子应该已经十四了，如果他还活着的话。"

那一刻，托瑞克几乎为她感到难过。

"十三岁。"蝙蝠族的巫师重复说道。她若有所思地触摸腰间的一个袋子，拿出一把死苍蝇，她肩膀上的氏族动物皮毛一阵骚动，一只蝙蝠伸出脖子，全吃了。"好了，我的漂亮宝贝。"她喃喃地说。她注意到托瑞克一直在看。"没关系。"她说，"让它闻闻你！"

他伸出手指。蝙蝠皱褶的耳朵抖动，像嫩叶般柔细，他感觉到一个微小的温暖舌头在舔他的皮肤。奇怪的猎物，他心想，心中浮现一幅景象：这只蝙蝠在雪地上行走，小爪子深深扎入积雪，制造出微小的足印，难怪好奇的狼会一直追过去查看……一想到这里，托瑞克的心又不由得抽痛起来。

"它喜欢你。"妮芙近乎咆哮地说，"真怪！"她忽然快步向前走，托瑞克必须跑步才能追上。

"你儿子怎么死的？"他问道。

"饿死的。"妮芙说，"森林里的部分猎物不见了，我们一定是做错事情触怒了'世界灵'。"她的脸色显得更加阴郁。"我原本也想死。我不想活了，但是狼族的巫师救了我。"

忽然听到她提及自己的父亲，托瑞克险些失足跌倒。

"他救了我的命。"妮芙语带苦涩，"而今他却死了，我从未回报。感恩这种心情真是一种沉重的负担。"

突然间她捉住托瑞克的两只手，把他的手掌按到隧道的岩壁上，用自己的手紧压着托瑞克的手。"这就是我们来这里的目的，男孩，必须和'世界灵'求和。快！告诉我你感觉到了什么？"

他挣扎着，但她强壮的手臂使他不能动。手掌底下的岩石黏湿而温暖，他感觉到里面有东西在蠕动。"它是活的！"他低语。

"你所感觉到的……"妮芙说，"是隔开我们的世界和异世界的那道皮肤。在大地的某些地方，皮肤是比较薄的。"

托瑞克想起自己以前冒险进入的另一个洞穴。于是问她，森林里是否也有这样的地方？

"有一个。"妮芙说，"我们试过，但那边的通道是封闭的。"

"你们为什么需要通道？"他说，"你们为什么要来这里？"

那双眯眯眼发出闪光："你知道的。"

他舔了一下自己的嘴唇："可是……我需要学习更多，因为我要成为食魂者。"

妮芙靠得更近，用她的蝙蝠味笼罩着他。"首先，我们要找到大门。"她说，"也就是皮肤最薄的地方。然后，我们要下一个魔咒来保护自己。最后……"她的声音转成呢喃，"在'月暗之夜'，我们要打开大门。"

托瑞克吞了一下口水。耳边再度响起行者的声音：**他们将要打开大门！**

"可是……为什么？"他喘着气说，"你们为什么要……"

"不准再问！"妮芙狂吼一声，"我们还有正事要办！"

　　他们快步往前走，没多久便到达托瑞克先前听到狼獾叫声的洞穴。他发现先前没有留意的一条溪流，缓缓流进一些凹洞，然后没入岩缝。旁边有一个桦树皮桶子，还有一个装有鳕鱼干的树皮袋。妮芙叫他拿起那两样东西跟着她，她跛行走到第一个凹洞，移开约有一只手大小的石板，她丢了一片鱼进去，拿出一个小小的桦树皮碗，装满，再放进去。

　　托瑞克瞥见一对光亮的眼睛——一只水獭，正是那只他在森林里追踪过，并看到它快乐滑雪的水獭。它光滑的皮毛已经变得脏兮兮，而且瘦了好多，原先对妮芙的怜悯之心顿时消散——她居然做得出这种事。

　　蝙蝠族的巫师把石板推回原位，只留一个小缝让空气流通，然后跛行到下一个凹洞。他们就这样一一喂食洞穴里的生灵。托瑞克看到一只白狐精疲力竭地蜷缩昏睡；一只老鹰顶着杂乱的羽毛，瞪着愤怒的黄色眼睛；一只山猫被紧紧捆绑，以致完全无法转身；一只狼獾气愤地嘶吼……最后，在一个几乎完全用石板密封的深洞里，他看见一个庞大的身影，那毫无疑问是一只冰熊。

　　"只能给它水。"妮芙拿水桶往里面泼了一些。"必须让它饥饿，否则就无法控制。"

　　冰熊发出震雷般的吼叫，用整个身体猛撞石板。石板紧紧封住，竟然连冰熊也无法动摇。

　　"怎么捉到它的？"托瑞克问。

　　妮芙不以为然地哼了一声："舍丝露很会用安眠药，泰亚兹的蛮力自然也派上了用场。"

　　托瑞克转身目测整个洞穴的长度。他终于开始了解，食魂者为什么要大费周章地捕捉狼。"猎者。"他说，"这些全都是猎者。"

　　"没错。"蝙蝠族的巫师说。

　　"那只狼呢？"

　　妮芙停下动作："你怎么知道有一只狼？"

他急中生智："我之前听到了一声狼嗥。"

蝙蝠族的巫师蹒跚往回走："那只狼明天会被带进来，在'月暗之夜'。"

托瑞克偷偷环顾四周，想看看是否还有尚未打开的凹洞。

妮芙似乎又看穿了他的心思："他不在这里，我们把他关在其他地方。"

"为什么？"

她锐利地瞪他一眼："你的问题还真多。"

"我想学习。"

妮芙身上的那只蝙蝠蠕动着，她看着它飞起来，消失在黑暗中。"因为舍丝露。"她说，"去年夏天，她从我们跨海的兄弟那边得到一个讯息：'狼活着。'我们不知道这是什么意思，就把那只狼分开囚禁。"

托瑞克的心思飞快地打转：他们是否知道了什么？或许还不足以猜出他是心灵行者，但确实有些……他知道妮芙正密切观察他，于是故意问了一个他早就知道答案的问题："这些生灵……你们准备怎么处置它们？"

"你觉得我们会怎么处置它们？"

"杀了它们。"他说。

蝙蝠族的巫师点头："九个猎者的血是最具致命力量的——那是最强大的牺牲能量。"

他的脑门好痛，感觉洞穴逐渐迫近他。

"你说想要成为我们的一份子。"妮芙说，"那就从这一刻开始。"她举起火炬，托瑞克这才发现，她已经带自己走了一整圈，重新回到石林。四周空无一人，没有看到其他的食魂者。在他肩膀旁边的岩架上，猫头鹰仍装在那个灰皮袋里，等着被杀。

他不禁语塞："可是……你说明天……'月暗之夜'。"

"没错，但那是为了完整的魔咒。现在我们必须先找到大门，因此必须先下咒保护自己。猫头鹰的血会很有用，而且可以让我们听到底下的声音。"她把火炬塞进一个缝隙，伸手捉出袋子里的鸟，她一只手捉鸟，另一只手把刀柄递给托瑞克。"拿去！"她说，"割掉他的头。"

托瑞克盯着猫头鹰，猫头鹰也盯着他。他被泥水弄得脏兮兮，因为恐惧而松垮无力。

妮芙用刀柄戳着他的胸口："难道你是弱者，连第一个测试都无法通过吗？"

测试……他现在才知道，原来蝙蝠族的巫师绕了一大圈，就是为了这个目的。她刻意要测试他是不是那个决心踏进食魂者黑暗世界的白狐族男孩。

"可是它并不是猎物。"他说，"我们并没有要吃它，我们也没有要狩猎，它并没有逃走的机会。"

蝙蝠族巫师的眼神散发出一种恐怖的坚定。"有时候……"她说，"无辜者必须为了多数的利益而受苦。"

利益？托瑞克心想：这究竟是谁的利益？

"接过刀子！"妮芙命令他。

他无法呼吸，胸膛的气体因为罪恶感而沉重炙热。

"来！"妮芙说，"我们是食魂者，我们代表'世界灵'发言。你究竟是赞成还是反对？只能二选一，没有妥协的余地！"

托瑞克接过刀子。他跪下来，用另一只手按着猫头鹰，他从来没有摸过这么柔软的羽毛，如此脆弱的骨架里包裹着一颗快速跳动的小心脏。如果他拒绝动手，妮芙就会杀了他，食魂者就会打开大门，天知道那将会带来多少恐怖的灾难，而且这么一来，狼必死无疑。

他深呼吸一口气，默默祈求"世界灵"的原谅，然后将刀子挥下去。

第十九节

"好了。"蝙蝠族巫师说。

"那是血吗？"橡树族巫师说。

"当然是。"

芮恩几乎不敢呼吸，整个人躲在石柱丛后方一个滴水的缝隙里。托瑞克在哪里？他们把他怎么了？她看着食魂者一手举着劈啪作响的火炬，一手拿着牛角杯。在闪烁的灯火下，那个跛脚的身影显得如此庞大。成千只蝙蝠在头顶上蠢蠢欲动。

"那个男孩呢？"橡树族巫师在祭坛前就位。

"和牲礼在一起。"蝙蝠族巫师说，"他似乎颇受惊吓。舍丝露在看着他。"

芮恩听得毛骨悚然。

"这么说他还是害怕了？"橡树族巫师嗤之以鼻："妮芙，那小子是懦夫！希望这不会影响到魔咒的力量。"

"哪会有什么影响？泰亚兹。"蝙蝠族巫师一句话顶回去，"是他自己来投靠我们，他自己找上门的。他一定可以让我们顺利达成目的。"

什么目的？芮恩心想。目前听起来，他们还不知道托瑞克是冒牌货，当然更不知道他是心灵行者。但是，他们究竟需要他去做什么？她同时也在想：不知道有几个食魂者在这个洞穴里？他们当初聚集时共有七个人，两个已经死了，还剩下五个，可是白狐族男孩只提到四个。那么第五个呢？

她马上忘了刚才的那些想法。蝙蝠族的巫师把火炬插入一个裂缝里，她把手指浸在杯子里，先在自己的眉毛上点出黑暗的条纹，然后也在橡树族巫师的眉毛上点出同样的条纹。

"**猫头鹰之血**……"她吟唱着，"以求最敏锐的听觉。"

"**并保护我们免于那些身陷其中的盛怒者。**"橡树族巫师唱喝着。

芮恩强压住心里的惊呼。**猫头鹰之血**……也就是说他们杀了它？

就像白狐族男孩所言，可是为什么？杀害猎者不仅会触怒"世界灵"，也将为自己和氏族带来噩运。她把手放在一根石柱上，随即惊惶地发现，上面竟带着一种黏湿的温暖，她马上知道那是什么——异世界的热气。

并保护我们免于那些身陷其中的盛怒者…… 他们指的是厉鬼吗？来自异世界的厉鬼。早知道她就应该立刻尾随托瑞克进来！偏偏她还浪费时间在雪地上踱步生气，内心不断交战。等她终于下定决心，把她的弓藏起来，把她的勇气找回来，他的身影早已完全被吞没在洞里。

就在那个时候，她听见了洞里回荡的男人脚步声。她险些来不及躲进洞内，那人宛如野牛般壮硕的身躯从黑暗中冒出来，他的脸隐藏在一头乱发和胡须的后面。橡树族的刺青很明显地在他的手背上，他浑身散发云杉树脂的气味，就像森林里的迷雾挥之不去。

她吓得目瞪口呆，眼看那人用肩膀顶住一片约是他本人五倍大的石板，毫不费力就把它推到洞口，形成屏障，他们被关在里面了。她别无选择，只能跟着他进入蜿蜒的隧道，害怕自己跟得太紧，但更怕被独自留在黑暗里。

他们后来进入了这座岩石森林，她感觉到周遭有一些阴暗的身影在观看、静待，连滴答的水声听起来都鬼鬼祟祟。最受不了的是那些成千上万只蝙蝠的振翅与吱吱叫，它们知道她躲在这里吗？它们会不会告诉食魂者？

从石树之间偷窥，她看到蝙蝠族的巫师拿起火炬，然后碰触其他围在祭坛边的人。火光燃烧，继而忽然低沉，仿佛真的在致敬。蝙蝠都静了下来，空气里弥漫着邪恶的气息。芮恩用整个拳头塞住自己的嘴。只见第三个食魂者坐在祭坛的正前头，在幽暗的光影中，芮恩看到一件羽毛罩袍，简直就像是直接从石头上长出来的，以及一只鹰鸮令人胆寒的橘色目光。

面具后面传来冰冷的声音："灵魂，给我灵魂。"

蝙蝠族的巫师把一个小东西放到祭坛上，阴暗的长袍立刻将它覆盖。芮恩猜想，蝙蝠族的巫师正在制作某种束缚魔咒，把猫头鹰的灵魂嵌入它的羽毛里。

"它很好。"面具后的声音说。

芮恩想到那只猫头鹰的灵魂，被困在鹰鹗巫师的掌握中，或许将永远被困住。她怀疑它们是否还有机会逃脱？是否还可以振翅高飞？寻求"第一棵树"的庇护……

当她看到巫师把一个黑色的卷曲物放到祭坛上，内心顿时充满恐惧。那是行者的打火石，他很久以前在森林神秘洞穴里拿到的石爪。接下来，橡树族的巫师把手伸到袋子里，拿出了一个闪烁着目光的小圆石。

"这是猫头鹰……"他一边吟唱，一边把它放到打火石的旁边。"九个猎者当中的第一个。"

九个猎者。芮恩的手指紧抓着石树分枝，浑身颤抖，继续看着橡树族的巫师倒出更多圆石散落在祭坛上。蝙蝠族的巫师选了其中一个，把它放在那个代表猫头鹰的圆石旁边。"这个……"她唱道，**"是老鹰，以求最锐利的视觉。"**

"并保护我们免于那些身陷其中的盛怒者。"其他人唱道。

另一颗圆石被摆到第二颗旁边，然后是另外一颗，接着又一颗。芮恩仔细倾听，那迫近的祭典逐渐显露它邪恶的真实面目。

"这个是雪狐，以求狡猾。"

"这个是水獭，以求水技。"

"这个是狼獾，以求怒火。"

"这个是冰熊，以求强壮。"

"这个是山猫，以求跳跃。"

"这个是狼……"

芮恩闭上眼睛。

"……以求智慧。"

顿时安静了下来。第九颗圆石尚未就位，但已然形成一道环绕石爪的石环。鹰鸮族的巫师拿起那根爪子，作势抓住。"这个……"她唱道，**"是人，以求残酷。"**

人。芮恩的手抓得更紧。此刻她终于明白，食魂者何以会让白狐族的男孩加入了。如今，托瑞克竟然顶替了他……

石头啪的一声，蝙蝠成群振翅飞起，像一朵尖叫的乌云。

"有人在这里！"妮芙叫道，跳起身来。

"是那个男孩。"泰亚兹大吼，"他一直在偷听！"

食魂者开始搜索洞穴，火炬在石树之间晃动。芮恩拼命躲藏，可是当初在选择藏身处时，距离隧道太远了，现在如果要到隧道就一定会暴露行踪。

灯火逐渐向她靠近，传来橡树族巫师砰砰的脚步声。她唯一的出路只能往上爬，于是她往上爬，岩壁的裂缝宛如被斧头劈过的痕迹，她的手掌在抓的时候不免破皮。她抬起头来，什么也看不到，只能摸黑继续爬。

脚步声几乎就在身边。她的手指找到一个岩架，无暇细想，立即攀附上去，但愿蝙蝠的振翅声响足以掩盖她的靴子在攀爬时发出的杂音。但那不是岩架，而是另一个隧道，她找到隧道了！但空间很小，无法站立，她撞到头，然后四脚着地爬进去。

隧道是往右，很好，只要她可以进去，就不会被火炬照到。只是，隧道太窄了，她根本挤不进去，而且越来越低矮，她必须近乎趴着，用手肘匍匐向前。她像一只蜥蜴般蠕动，越爬越里面。当她扭过头一看，发现黄色的火光已经非常靠近，几乎就在她的靴子旁边。她还爬得不够远，一定会被发现……

她奋力把身子一抬，将自己拉入隧道的转弯处，及时躲开了照在脚边的火光。在她的底下，传来橡树族巫师的沉重呼吸，散发出浓厚的云杉树脂味。她紧咬着自己的下嘴唇。洞穴的另外一边传来了奔跑声。

“不是那个男孩！”蝙蝠族的巫师喘着气说，“他一直和舍丝露在一起！”

“你确定吗？”橡树族的巫师说，他的声音近得吓人。

“一定是蝙蝠。”妮芙说。

“从现在开始……”泰亚兹怒吼，“我们必须提高警觉。”

他们的声音逐渐远去，带走了灯光，留下一片黑暗。芮恩松了一大口气，但也精疲力竭。整个人放松下来之后，好一段时间，她就这样躺在黑暗中，听着食魂者移动的声响，和他们低声的谈话。

最后，声音消失了，他们显然已经离开了石林。蝙蝠振翅群飞，然后回归沉寂。但芮恩等待着，害怕这是陷阱。当她确定他们已经走远，便开始往后扭动身躯，想要离开隧道。她外套的帽子卡在隧道顶，她踢着脚想要松开，但隧道太低了，根本无法移动。她很生气，不断尝试各种方法，她试着左右扭动，隧道太窄了，完全没用。

她整个人趴着，思考这究竟是怎么一回事。她的手臂尴尬地在胸前，她的拳头感觉到自己心脏的跳动，终于，她不得不面对残酷的真相——她被卡住了。

第二十节

芮恩想要尖叫求救，但这只会引来食魂者。于是她想，干脆就躺在这个腥臭的狭长洞里，活活渴死，如今的选择，似乎只剩下快死或慢死。她全身被汗湿透，隧道岩壁传回自己恐惧的气味。她已经听不到水滴声，唯有自己疲惫杂乱的呼吸声和奇怪而不平均的"砰、砰、砰"声响，与她心脏的跳动亦步亦趋。那正是她的心跳，因为岩壁紧贴着自己的胸口，所以传来心跳的回音。

她惊恐地发现，岩石的巨大重量不断挤压着她，她根本完全无法动弹。大地已经吞没了她，只要稍有动作，就可以把她像虱子一样压扁。没有人知道她的下落，没有人会找到她的尸骨，并且将她带回乌鸦族的埋骨所。没有人会帮她画上死亡面具，好让她的灵魂不致失散。

黑暗降落在她的脸上，宛如她的第二层肌肤，她闭上眼睛，又睁开眼睛，毫无差别。她把双手从身体底下伸出来，放在自己的鼻子前面，看不到手指，它们并不存在，她并不存在。她觉得喘不过气来，她努力深呼吸一口气，却感觉到岩壁在她吸气的时候变得更紧，更快速地压迫她。

她慌张起来，伸手不停抓，双腿不断踢，呻吟着，淹没在恐惧的黑海。她颓然崩溃，精疲力竭，她只能张嘴咬住坚硬的岩石，免得自己发出哀鸣。深陷在大地之中，没有时间，没有水，没有夏季，没有月亮，没有太阳。唯有黑暗。芮恩躺了这么久，以至于她觉得自己已经不再是芮恩，整个冬天从她身上飘过，她俨然成为岩石的一部分。

她听到厉鬼在岩石另一边咯咯讪笑，光影闪过，红色的眼睛瞪着她，越靠越近。她快死了，要不了多久，她的三个灵魂就会失散，她将沦为厉鬼，在异世界无尽的热气中尖叫呓语，痛恨并向往人世间的一切生灵。

现在，忽然出现了更多光线：很小，很亮的绿色，像针刺一般，闪动着、飞舞着，而且赶走了那些红眼。她耳边传来嗡嗡的鸣叫，嗡嗡……

蜜蜂？

她猛然惊觉。蜜蜂？在冬天，极北的洞穴，嗡嗡声很近，肯定是蜜蜂。虽然看不到，但她可以感觉到它们在自己的脸颊上厮磨。它们究竟是什么？是氏族守护灵送来的讯息吗？是祖灵的关爱吗？还是那些躲在岩壁后方的厉鬼使出的诡计？

但它们感觉起来并不邪恶。她闭上眼睛，趴着倾听蜜蜂的嗡嗡声……那是"鲑鱼跳跃之月"，黑刺李树盛开，蜜蜂在嗡嗡鸣叫。芮恩只有八岁大，和芬·肯丁在一起，迫不及待地想要试用她美丽的新弓。她停在河岸边欣赏新弓金黄色的闪亮曲线，黑刺李像雪片掉落，掉在树荫下森林野马的鬃毛上。

当她的目光终于离开自己的弓，这才惊觉芬·肯丁已经过河，正自顾自地往前走。她赶快沿着岸边跑上去，在他后面追赶。那些母马一点都不喜欢她太靠近它们的小马，露出眼白，准备要踢出后脚。芮恩其实并不害怕，只是为了避开它们，她的脚步反而陷得更深，泥浆顿时吸住了她的靴子——她被卡住了。她万分恐慌。自从父亲死后，她就经常做噩梦，梦见自己被困住。万一自己真的被马踩死呢？万一河里的隐形人把她拉进去呢？

突然间，阳光被挡住了，芬·肯丁的强壮身影就站在她的面前。他的表情像平常一样深不可测，但蓝色的眼眸里隐藏着一丝笑意。"芮恩。"他冷静地说，"一定有方法。如果你还不知道，那就表示你没有用脑子。"

她眨一下眼睛，往下一看，然后，挣扎着脱掉了靴子。她的叔叔笑着伸出双手把她高高举起。她也在笑，当他抱着她弯下腰，好把她的靴子拔出泥浆时，她在空中一阵欢喜的晕眩，发出兴奋的惊呼。他笑着把她放在自己的肩膀上，涉水过河，他们四周的空气里飘荡着果实的甜味，蜜蜂在嗡嗡鸣叫……

蜜蜂仍在嗡嗡鸣叫，但她什么都看不到，因为她又回到了黑色的洞里。但一想到芬·肯丁，犹如在黑暗中看到一丝光芒。她的手指摸到自己前臂的护腕，那是他教她射击时，帮她做的。

"一定有方法。"她喃喃说，"用你的脑子……"她的呼吸不再急促，胸口也不再剧烈起伏。这时候，岩壁感觉起来不再那么紧了。

当然！她心想，不要那么大口呼吸，那么占据的空间就会变小了！

维持轻缓、浅浅的呼吸只是一小步胜利，却给了她极大的鼓舞，她还活着。必须想办法让自己的身体变得更窄，或许这是可行的……没错！她之前怎么没有想到？

慢慢地，带着疼痛，她伸直自己的右臂，并尽量往前延伸。然后她把左肩斜拉回来，现在她真的比较窄了，因为她并不是正对隧道，而是往侧边偏斜。下一步就比较难了，她把右手从头顶弯回来想拉住外套，没拉到，再试一次，抓到了帽子，用力一拉，外套感觉非常松垮。坦内吉克说，白狐族人刻意选择蓬松的材质做外套，因为这样穿起来会比较温暖。就像蛇蜕去旧皮一样，芮恩持续扭动与拉扯，好不容易终于把外套脱到头顶上。她躺着喘息，蜜蜂叫得她头昏脑胀。

接下来要脱掉鸟皮背心了。这个任务更难，因为没有帽子可以施力拉扯，但毕竟外套已经脱掉，她的行动方便了许多。终于把背心也脱掉了，顿时感到相当轻松，她躺着喘息了好一会儿，感觉汗水在皮肤上变得冰冷。她摸索着头顶前方成堆的衣服，现在的她已经有了明确的目标。只穿着裤套的她，体型只有先前的一半，随时可以像一条鳗鱼一样溜出隧道。她可以回去石林那边寻找托瑞克和狼。

她开始扭动着后退，但她的裤套随即勾到一个突起的石块。这并没有困住她太久，真正令她惊讶的是，蜜蜂的嗡嗡鸣叫声突然变得很大，有如大黄蜂一般凶恶。这是什么意思？难道它们不希望她回去？

她把手伸向前方的黑暗之中，感觉到自己没有带手套的手指异常冰冷。那不只是汗水干掉后的寒意，而是一股冰冷的空气，既然是冷的，就表示来自洞外。她用脚趾将身体往前推进隧道。隧道往上陡升，但同时也让她有更大的空间蠕动，这样比较容易前进，她可以抓

着岩壁的突起施力，把自己拉向前。

她还在迟疑。如果她继续往前走，无论隧道通往哪里，就等于要把托瑞克丢在这里——她当然办不到，她一定要去警告他，原来他就是即将被牺牲的第九个猎者。然而，如果她退回去，就会再度和食魂者共处一个洞穴，就算她可以躲过他们，同时找到托瑞克，就算他们真的把狼救了出来，并通过曲折的多重隧道，回到洞穴口。但是，他们又要怎么出去呢？洞口的那块巨大石板显然只有像泰亚兹这样的大力士才推得动。

她紧咬着下嘴唇，思索该何去何从。芬·肯丁经常说，处在逆境中，无论做什么都比束手待毙来得好。"有时候，芮恩，你必须作出抉择。那可能是好的选择，也可能是坏的选择。但无论如何，都好过束手无策。"

芮恩想了一会儿，然后开始扭动向前。

第二十一节

在石林里，食魂者已经准备就绪，要开始寻找"大门"。

妮芙跛行着把一个一个的火炬插到岩壁缝隙中，她的蝙蝠则在头顶上轻盈飞动。泰亚兹太阳穴的青筋毕露，他拖着一些岩石在祭坛周围绕成圆圈。舍丝露在三个面具上安装内脏皮的眼睛护套，以便可以看穿异世界。欧丝特拉则完全不见踪影。

托瑞克很害怕鹰鸮族的巫师，不知她什么时候会回来，但他同时也需要她快点回来，他必须确定四个食魂者都在这个洞穴里，才能安心溜出去寻找狼。在那之前，他只能乖乖假扮食魂者的助手：在石板上涂抹大地之血——红土。他的前额甚至还沾着猫头鹰的血迹。

他杀了猫头鹰之后，妮芙把厚重的双手放在他的肩膀上："做得很好。你已经踏出成为食魂者的第一步。"

不，我才没有。托瑞克在自己的脑子里大喊。但他知道，如果芮恩知道了一定会说："你要做到什么地步，托瑞克？你要做到什么地步？"

他想到自己和芬·肯丁之间的争执。当时他央求乌鸦族的领袖让他去找食魂者，却始终无法得到他的认可。

"你的父亲试图对抗他们。"芬·肯丁当时说，"却惨遭他们的毒手！你凭什么认为自己有胜算？"

托瑞克当时很生气，乌鸦族领袖竟然如此看低他。他现在终于知道背后的真正原因了，芬·肯丁最害怕的并不是"食魂者"，而是托瑞克自己内心的邪恶。

有一次，乌鸦族的领袖告诉他"第一个冬天"的故事："'世界灵'为了对抗异世界最强大的厉鬼庞然公牛'欧罗克'，发动了一场恐怖的战争。最后，'世界灵'击中了天空中燃烧的厉鬼，但就在它坠落的时候，强风吹散了它的灰烬，大地上每一个生灵的骨髓里都沾染了一小丝邪恶的灰烬。我们每一个人都是邪恶的，托瑞克，有的人对抗它，有的人喂养它，这就是常态。"

托瑞克想到这些话，知道自己的骨髓里确实埋藏着一小颗黑色的

种子，等待适当的时机萌芽。

"给我大地之血。"舍丝露突然开口，吓了他一大跳。"快点，时间差不多了。"

他拿起沉重的石板，把它带到祭坛边。究竟还要多久才能偷溜出去寻找狼？他想出了一个很危险的计划，搞不好会让他死于非命，但别无他法。首先，他必须回去那个囚禁"牲品"的腥臭隧道，然后他必须冒险靠近那只冰熊，接下来……

"放在那边。"舍丝露说。

他遵照指示，随后准备退下，但她冰冷的手指抓住他的手腕。"留下来。好好看，好好学。"他只好跟在她身边。

她已经先用石灰把面具涂得很白很白，白到发亮。现在，她用手指沾了一些赤杨汁和红土，涂上鲜红的嘴唇。她的手指轻柔地画着圆圈，让托瑞克看得不禁头晕。他看着看着，感觉那张面具脸似乎活了过来，鲜红的嘴唇发出湿润的亮光，干草充当的发丝飕飕成长。

"不要摸！"蛇族的巫师低声说。

他惊呼一声，收回自己的手。三个食魂者哄然大笑，他们在戏弄他，别有用心地让他觉得自己真的是他们的一份子。

"你想要知道我们为什么要这么做？"妮芙说着，猜想他脑子里的答案。

"我们为什么要打开'大门'？"舍丝露喃喃低语，"我们为什么要放出厉鬼？"

"为了统治。"泰亚兹走过来站在她身边，"为了统一各大氏族，做最好的统治。"

托瑞克舔了一下自己的嘴唇："可是……氏族他们会统治自己。"

"他们要自求多福。"妮芙狰狞地说，"你有没有想过，'世界灵'何以如此扑朔迷离，这么难以捉摸？为什么有时候送出猎物，有时候又不愿送出？为什么让恶疾杀害某个孩子，却饶了其他孩子？这全是因为氏族们没有遵照应有的方式去生活！"

"他们准备牲礼的方式不一样。"泰亚兹说，"送死者上路的方式也不一样。这些都让'世界灵'感到不悦。"

"完全缺乏秩序。"妮芙说。

泰亚兹站起身来："我们知道什么才是真正的方式。我们会教导他们。"

"但是为了教导……"舍丝露接着说，并用她那无与伦比的美丽眼神望着托瑞克，"我们必须先掌握权力。厉鬼将会给予我们权力。"

他很想把头转过去，却被她的眼神定住。"没有……没有人可以控制厉鬼。"他结结巴巴地说。

泰亚兹的笑声在洞穴里回荡："你错了。大错特错了！"

"其他人在过去所犯的错误，"舍丝露说，"是做得太过火。我们那个失踪的兄弟召唤了一只原灵，并把它困在巨熊的身体里，他当然无法控制。那真是一种壮丽的疯狂。"

"壮丽？"托瑞克苦涩地想着，正是这样的疯狂，让他的父亲付出了生命的代价。

妮芙跛行走向他。"我们所召唤出来的厉鬼将会像蝙蝠一样多。"她宣称，"多到足以遮蔽月夜星空。"

"就像森林里的树叶一样多。"橡树族的巫师吼着，"我们将让恐怖笼罩大地！"

"然后……"蛇族的巫师伸出她的双手，作势把它们拉回，就好像在拥抱一把隐形的花束。"我们会把它们召回来，厉鬼就会听从我们的指示，因为我们——唯有我们——拥有迫使它们服从的力量。"

托瑞克盯着她："这是什么意思？"

那张美丽的嘴唇略为噘起："你会知道的。"

托瑞克的眼光从妮芙转到舍丝露，再转到泰亚兹，他们脸上的表情都燃烧着狂喜。他原本一心只想要救狼，岂知他们策划的竟是接管

世界的恐怖阴谋。

"大家都叫我们食魂者。"泰亚兹说，吐出一口云杉树脂的残渣。

"真是愚蠢的名称。"妮芙说。

"不过很有用。"舍丝露说着露出她特有的歪斜微笑，"足以让他们心存恐惧。"

托瑞克有点犹豫地站起身来。"我……应该走了。"他说，"我应该去看守那些牲礼。"

"有什么好看守的。"泰亚兹挡住他的去路，"石眼的洞口已经封住了，没有人进得来。"

"也出不去。"舍丝露说。

托瑞克故作镇定地说："搞不好它们会逃走。"

蛇族的巫师嘲弄地看了他一眼："他只是不想留在我们身边啦。"

"早说过他是个懦夫。"泰亚兹不屑地说。

"这个……"妮芙拿出一块干枯的黑色树根，"拿去。把它吃掉。"

"这是什么？"托瑞克说。

舍丝露舔了一下嘴唇，露出小巧的尖舌："那个可以让你进入出神状态。"

"这也是成为食魂者的一部分。"泰亚兹说，"不正是你想要的吗？"

三个人目不转睛地盯着他。他只好拿起树根放到嘴里咬了一口，吃起来很甜，但有点腐坏的气味，让他不禁作呕。

他们把他困住了。先是杀猫头鹰，现在又吃这个怪东西。究竟要做到什么程度？他要怎样才能找到狼？

第二十二节

狼的脑子里有一团黑雾告诉他："无尾高个子"不会来救他了，永远永远也不会了。

一定是出事了。他可能是掉落到洪水里面，或是被那些坏无尾攻击，否则早应该来救他了。狼在这个腥臭的小窝里踱步，他摇晃着自己的头，想甩开那一团黑雾，结果只是让自己的鼻子撞到岩壁。这个小窝远离了其他的生灵，而且非常狭小，只容他走一步，然后转身再走一步回来——一步，转身，一步，转身……

他渴望奔跑。在他的睡梦中，他奔跑到山丘上，然后再奔到山谷下。他在蕨丛里打滚，摇摆着前掌，兴奋地咆哮嘶鸣。有时候他跳得好高好高，像是要飞到天上，几乎就快抓到月亮……但他总是醒来，又回到腥臭的窝。他原本可以嚎叫，如果他还有精神嚎叫的话，但就算叫了又有什么用呢？没有人会听到他，除了那些坏无尾和厉鬼。

一步，转身，一步，转身……

饥饿啃咬着他的肚皮。在森林里，当他很久没有捕杀到猎物的时候，饥饿的感觉反而会让他的鼻子和耳朵更敏锐，奔跑的脚步更轻盈，让他在树林之间近似飞舞地前进。但是这一次的饥饿已经到了极致，他甚至完全失去了感觉。

不断地踱步让他头晕，但他无法停止，虽然每一步都变得更加艰难。他尾巴上的疼痛加剧，他想用舔舐的方式让自己好过一些，但是这回舔起来有怪味，完全不是属于自己的，反而比较像是森林里死了的猎物，放了好几个白天与晚上后的气味。味道实在很难闻，甚至让他感到作呕，他可以感觉到，它正在慢慢吸干自己的力量。

一步，转身，一步，转身……

他现在是在大地的肠胃里，很深的地方，远离所有其他的生灵。他想念那只水獭的哀鸣，那只狼獾的怒火，他甚至想念那只愚蠢冰熊的怒吼。然而他并不是孤身一人，他的耳边响着成群蝙蝠的尖叫和厉鬼的咯咯笑声，他可以嗅到它们在岩壁背后的气味，听到它们的爪子不断在抓，多到不可胜数。他真希望自己可以对它们展开攻击、撕

咬、冲刺，而今却只能静静听着，让他心中饱受折磨。他生来就是要猎杀厉鬼的。

一步，转身，一步，转身……

是那些厉鬼把坏东西放到他的尾巴上，是那些厉鬼把黑雾吹到他的脑海里，都是因为厉鬼，害他开始看到与听到不存在的东西：有时候，他看到"无尾高个子"就蹲在他身边；有一次，他听到"无尾女孩"把鸡骨头放到嘴里发出又高又细的吠叫声；现在，在蝙蝠的尖叫声与厉鬼的磨爪声底下，他捕捉到一个新的声音，是真实的——两个无尾靠近，一个比较重，另一个比较轻。

有那么一下子，他心中升起一线希望：**难道是"无尾高个子"和"无尾女孩"？** 不是，并不是他的狼兄弟来救他，而是那些坏无尾——"蛇舌"和"白毛"。狼知道自己已经没有战斗的体力，于是蜷缩在窝里。他听到覆盖物被拉到旁边，看到有一团树皮被放下来，他喝光里面的水。

不过……这是什么？"蛇舌"的外皮有一股新的气味，一股他深爱的清新气味，**那是"无尾高个子"的气息！** 狼的喜悦很快转为恐惧，因为他知道这只有一种可能：这些坏无尾已经捉到他的狼兄弟！

他疯狂起来，开始怒吼，不断撞击狭小的窝。他抬起口鼻嚎叫，但随即有一双强壮的前掌伸进来捉住他的头。他扭过头来想要咬，但他实在太虚弱了，而那双前掌又太强了。他的口鼻再度被那可恨的树皮绑起来，他又无法嚎叫了。

第二十三节

石林在托瑞克的眼前成长，充满裂缝的岩石树干往上伸展，易脆的枝干像裂伤的手指般颤动着。他闭上眼睛，却依然历历在目，他怀疑这是否就是芮恩曾经说过的，施行巫术的时候会出现的"内在之眼"。他满心希望此刻她就在自己身边。

他吃下的黑色树根很甜，但有腐味。他开始感觉到它在拖行自己的灵魂，虽然他只嚼了一会儿，然后就偷偷藏在舌头底下，却已经让他感觉到头晕想吐，而且变得比以前任何时候都要来得警觉。

他看着食魂者围绕着祭坛。就像石林一样，他们的形貌也开始变得几乎无法辨认。蝙蝠族的巫师从发皱的口鼻中发出嘶吼，她张开皮制的黑翅，在洞穴里造成阴影。橡树族的巫师整个人站在石树上，吼声震耳欲聋，还挥舞着一对用牙齿和头颅制成的响环。蛇族的巫师用内脏皮的眼睛瞪视四周，满头发丝俨然是嘶嘶叫的毒蛇。唯有鹰鸮族的巫师没有变装，依然像是从石头里长出来似的。

托瑞克被遗忘在阴影中，他赶紧退后，现在正是溜去找狼的最好时机。但他吃下的树根却把他困在一个无形的网里，他全身无法动弹。他的听觉比以往更加灵敏，声音从四面八方传来，他甚至可以听到每一滴从石树滴落的水珠、每一只蝙蝠的尖叫，以及每一条毒蛇的颤动。他知道为什么，而且因为了解而感到作呕，让他听觉变敏锐的，原来是猫头鹰的血。

他恨自己什么都不能做，只是看着蛇族的巫师不断旋转，把她那满头长蛇甩出一个圆圈。一条被甩出的毒蛇掠过他的脸，恰巧让他看到黄色的瞪视和舌尖的黑光。

突然间，蛇族的巫师举步移到祭坛边，把双手压入一块陷落的岩石，然后把手伸出来，溅了满地的鲜红。她甩动着、摇晃着，滑行到洞穴的背后，然后把手掌深入到岩石里。橡树族和蝙蝠族的巫师都在出神状态中嘶吼。托瑞克惊呼，就在蛇族巫师跳开的时候，她的手印冒烟了，红色的手印消失在这个世界与异世界之间的那层皮肤里。

他终于知道进洞时看到的黄色手印是什么了，原来那是有人在寻

找大门时所留下的。而现在，在毒蛇的嘶嘶声、牙齿与头骨的响环声中，托瑞克听到了，那个声音让他腿软，让他的后颈像爬满蜘蛛。那个声音把希望从骨髓吸干，用畏惧来阻止心灵，那是粗野、充满恶意，恐怖的呼吸——厉鬼，岩壁另一边挤压着渴望被释放的厉鬼。

他无助而惊恐地盯着眼前不断回旋与吟唱的食魂者。他该怎么办？他必须寻找狼，他必须阻止他们用恐怖淹没全世界。

蛇族的巫师抓着行者的打火石，在岩壁上敲打，然后听着回声。响环越来越快，黑色火爪的"跶，跶，跶"声音也越来越快，托瑞克头昏脑胀。他想要移动身躯，却被那隐形的网紧紧困住。

跶，跶，跶。在蛇族巫师伸出的双臂之间，**岩壁开始移动**。

托瑞克眨了一下眼睛，那应该只是火炬的晃动……不是，又来了，就像是一张紧绷的生皮底下有一只手在往上伸，往上伸，从岩壁的底下。

这一次毫无疑问，在岩壁后方，在翻腾的异世界里，厉鬼正极力想要冲出来。岩壁充满了骚动，冒出许多突起：盲目的头在挣扎，残酷的嘴巴在惊呼与吸吮，野蛮的爪子在抓挠。洞穴的岩壁在弯曲，就像刚冒出来的嫩叶一般柔弱，已经无法再阻碍这股恐怖而无止境的饥渴。

鹰鸮族的巫师站起身来，举起一只手臂，托瑞克看到她握着一根黑色橡树枝的权杖，上面镶了一块燃烧火焰般的石头。食魂者停止舞动。

"火焰蛋白石。" 他们赞叹着。

托瑞克感到百般困惑，却也不免深受吸引。火焰蛋白石发出满室的绯红光线，那是最狂暴野火的炙焰，那是雪地上溅血的华丽猩红色，那是最愤怒夕阳的光辉，那是深冬庞然公牛的瞪视，那是美丽与惊怖，狂喜与痛苦。厉鬼渴望它，它们猛力撞击着岩壁，嚎叫、嘶吼，撼动整个洞窟，在狂暴的渴望中加倍攻击的火力。

托瑞克全身摇晃，原来这就是食魂者权力的秘密所在。他们可以用这块奇石来左右厉鬼的意志。

"火焰蛋白石。"他们低语，仰望鹰鸮族的巫师高举着权杖，她身边的石树在无声的风中飘摇。

托瑞克目不转睛地看着，橡树族和蝙蝠族的巫师紧咬着牙齿，最后喷出黑色的唾液，蛇族的巫师把她冒烟的双掌贴在岩壁上，然后把头一甩，大喊一声："大门——找到了！"她蹒跚退后，托瑞克看到她在岩壁上留下的手印俨然形成了一个大圆圈，圆圈里面厉鬼几乎已经要冲破岩壁的临界点。

就在这个时候，鹰鸮族的巫师将火焰蛋白石放低，藏进罩袍里，遮蔽了猩红的光线。紧绷的岩壁顿时弹回去，厉鬼的嚎叫声沉静下来，转为愤怒的喘息。

"找到大门了。"蛇族的巫师轻声说道，整个人瘫倒在地。

隐形的网在一瞬间放松了对托瑞克的钳制。他跳起身，疾奔而出。

第二十四节

托瑞克奔跑过隧道，跌跌撞撞地擦伤关节和脚踝，他跟跄前行，随手抓的火炬剧烈摇晃。当他挺直身躯，一只蝙蝠张开皮翅掠过他的脸，他大叫一声，蹒跚向前。有一两次，他好像听到了脚步声，停下来倾听，却发现只是他自己的回音。他怀疑食魂者会不会跟过来，但是他们其实没必要这么做，他还能去哪里呢？"毒蛇之眼"已经被封住。

他把这个念头抛诸脑后，继续往前跑。眼前闪过方才见证的骇人场景：厉鬼贴附在岩壁上的口鼻，拼命想要冲破大门；还有那颗美到摄人魂魄的火焰蛋白石……他不敢相信，自己居然就这样被定住，那是一个怎样的魔咒，居然可以让他连狼都忘记。爸爸当初就是这样被控制住的吗？被自己的好奇心所牵引，一心只想知道为什么，直到为时已晚。

为时已晚，恐惧占据了他，或许已经来不及救狼。他一边跑一边把黑色树根吐出来，先咬成两半，把一半放到药袋里，然后咬着另一半。腐臭的口感让他想吐，但他强迫自己吞下去，没有时间迟疑了。他已经见证食魂者吃树根的功效，现在他必须善加运用。

托瑞克的身体几乎立刻产生痉挛，他抱着自己的肚子，摇摇晃晃走进囚禁牲礼的隧道，把火炬插到岩壁缝，然后整个人跪倒。他开始呕吐，吐出一口黑色胆汁，他的眼睛不断流泪，隧道里天旋地转。他的灵魂逐渐被释放。

他仍在呕吐，努力爬向那个关冰熊的洞口，石板下方，毛茸茸的熊掌发出了细微的声响。记忆从黑暗中升起，让他整个人往下沉。就在森林秋季的蓝色暮光中，托瑞克讲了一个笑话，他的父亲笑开了怀，然后，从阴暗处跳出一只熊……

不！他告诉自己，现在不要想爸爸，想想狼！**你要找到狼！**

他浑身颤抖地爬得更近，把前额靠在岩石上，透过覆盖熊洞的石板缝隙往里面看。一双火石般的眼睛回瞪他，一声怒吼从岩缝传出来，他的士气大受打击。这只冰熊尽管又饿又累，却仍然是一只拥有

强大力量的生灵，它的灵魂想必非常强壮。他的身体产生更多痉挛，继续不断呕吐……

突然间，他发现自己被困在洞里，眯着眼睛对抗那刺目的蓝光。他觉得好热，热得非常难受，洞口上方躺着一个虚弱的男孩，不断发出诱人的生肉鲜美气味。血的气味如此强烈，他的爪子渴望着，但他只能不断踱步、转身，踱步，再转身。

他听到远处有呢喃的人声，转瞬间，他不再想到血肉味，咧嘴露出了牙齿。他认出这些声音，是那些把他从冰地捉来的邪灵。他想起自己失落的故乡，全身再度感受到那早已麻木的痛苦。他们夺走了他美丽的冰海，那里有洁白的鲸在安睡，有多汁的海豹在游泳。他们夺走了他忠实的风，那总是为他送来鲜美血肉味的北风。他们偷走了他的冰，他永不匮乏的冰，在狩猎时助他隐身、可以载他到任何地方的冰。

他只记得这些，他们把他带到一个恐怖的燃烧地点，没有冰，虽然到处是血味，却无法享用。他怒吼着，想着要怎么抓住那些邪灵的头，用爪子粉碎他们！他要把他们的肚皮撕开，啃食他们冒烟的内脏和香甜的肥油！嗜血的冲动在他的体内窜动，宛如大海的波涛，他不断怒吼，直到撼动周遭的岩壁。他是冰熊，他无所畏惧，什么都不怕，所有的一切都是他的猎物！

在冰熊的体内，托瑞克的灵魂正在不断挣扎，想掌握这具强而有力的身体。冰熊的心灵是他遇过最强壮的，他从来不曾完全淹没在另一个生灵的感觉之中。他发挥了极度的意志力，终于有所克服，冰熊不再对那些邪灵怒吼，而把注意力回转到血腥味。那撩人的气味构成了一个网，持续延伸到黑暗之中，就像他从海里拖出一头海象所留下的气息。

很近，近到令人发狂，他嗅到山猫和水獭的血、蝙蝠和男孩、狼獾和老鹰，再远一点，他嗅到了狼。这个气味比其他的弱，而且被一股他不懂的坏气味所污染，但身为一只熊，他连厚冰底下的海豹气味都可以闻到，当然可以轻易追踪到那只狼。

气味一直往黑暗里延伸，绕过他醒目的脚爪边，然后再往上，那边的空气闻起来比较凉。他们以为把狼藏在那里很隐秘，但他还是会找到，到时候他会重获自由，他会杀了所有的生灵，他也会杀了那只狼。他会用脚爪捉住他，用力摇晃他，让他的骨头全部断掉……

不要！托瑞克在心里大吼。

有一下子，大熊退缩了。托瑞克的灵魂在冰熊跳动的心脏之中挣扎，努力想要逃脱。他的嗅觉追踪已经完成，他的计划成功了，他已经知道食魂者藏匿狼的地方。可是，熊的灵魂实在太强，他被困住了。

第二十五节

芮恩头下脚上，从那个狭长的洞里掉到雪地。在经历洞穴的热气之后，一下子吸入冷空气让她的胸口剧痛。但她不在乎，她赤裸的背贴地躺着，盯着满天的夜空星辰。高空传来一只乌鸦的呱叫声，她热切地道出一声谢谢，她的氏族守护灵响应一声，警告她事情尚未结束。

她的牙齿打着寒战，她的体温降得太快了。她赶快站起身来，发现身边没有她事先推出洞口的外套、背心和手套。手忙脚乱地一阵搜寻，终于找到了，她把衣服套上，马上回复温暖，她由衷感谢白狐族妇女们的缝纫手艺。

她头顶上的星光闪烁，云朵在天空中快速移动。没有看到"第一棵树"，也没有月亮。**没有月亮？** 今天该不会已经是"暗月之夜"了吧？

当然有可能。她发觉自己算不出究竟在洞穴里待了多久。她盯着幽暗的高山，托瑞克和狼还在里面，准备在"暗月之夜"被送上祭坛，竟然就是现在。

她必须找到他们，她必须再度进去。当她的眼睛适应星光之后，发现自己并不认得周遭的环境：她面前的狭长洞口是一团黑暗，她没有看到那根矗立的石柱，也看不到"毒蛇之眼"，只有隆起的雪堆和深灰色的高立岩墙。她推断自己现在是在山的另一面。

她急忙往前摸索，不小心绊倒，掉到雪堆里。非常硬的雪堆，底部是硬的，她跪下来开始动手挖掘。一艘皮船，不，是两艘皮船，比白狐族人为他们准备的皮船来得大，而且都配有木桨、鱼叉和绳索。食魂者的设想还真是周到。

她拔出刀子，划破了皮船的底部，这下子，看他们能逃到哪里去！高山深处传来了一声狂吼，她奔向那个狭长的洞口，又听到吼声，毫无疑问是出自冰熊。她记得食魂者致命的吟唱声：**这个是冰熊，以求强壮……**

吼声静了下来，她努力地倾听，但黑暗中只传来腥臭蝙蝠的一股

热气。她想到托瑞克正孤身一人对抗食魂者，她必须找到他。她的思绪飞奔，当她从那个狭长的隧道出来的时候，是逐渐往上爬的，那表示她现在是处在地势较高的部分。

"所以快往下坡走！"她叫道。

她跑着，跌到雪堆里，再爬起来，继续往下，一直往下坡走。当她绕过一个地势突起点，万分突然地，她看到了那矗立的石柱和"毒蛇之眼"，她从来没有想到，自己会这么高兴看到它们。

蛇眼已经封住，被橡树族的巫师用巨大的石板盖住，但或许她可以稍微把它推开一点，从缝隙爬进去。她用肩膀抵住石板，全身用力往上抬，结果是白费力气，石板岿然不动。石板的底部角落冒出热气，那是石板无法完全覆盖洞口的部分，她试图从那个缝钻进去。

如果是狼应该刚刚好，但对她来说就是窄了那么一丁点。她站在蛇眼前，不得不承认，唯有一条路可以再进到洞内，就是她方才出来的那个隧道。

"我不能……"她喃喃说。呼出来的气息在幽暗中形成诡异的小烟圈。

她沿原路跑回去，喘着气站在那个洞面前，那个残酷的狭小洞口正准备吞没她。

她转过头去："我不能！"

月光清楚地映照着她的脸庞，她眨了一下眼睛。原来她弄错了，今天并不是"暗月之夜"，时间还没到。那一轮月亮就在那里，骑在云朵之上，最纤细的一抹银色弧线，"天熊"尚未吃完的最后一口月亮。她还有一天的时间，托瑞克和狼也还有一天。

当她仰望着新月那纯粹皎洁的白光，芮恩感觉到内心的勇气油然升起。月亮是永恒的猎物：永远在天空逃逸，永远被捕捉与吞噬，但也永远会再度诞生。它忠实地为所有的猎者与猎物照路，甚至在太阳死去的寒酷严冬，依然不改初衷。无论发生什么事，月亮永远都会回来，她也一样。

趁自己改变心意之前，她火速冲到食魂者放置雪橇的小径，那同时也是她和托瑞克藏行李的地方。幸好没有再降雪，很容易就找到了行李，她先是吞了几口海豹油脂，稍微稳定自己的身体状况，然后多包了一些带在身上，准备给托瑞克和狼。她把斧头系到腰带上，把其他可能需要的东西包到药袋里，然后她奔回先前的洞口。

她脱掉外套和背心，尽可能把它们挤成一小团。她感觉到自己的呼吸在胸口发疼，皮肤上的汗水很快结冻，但她不加理会，认真用手套的线绑住衣服，然后把线的另一端绑在自己的脚踝上，这样就可以拖着衣服走。她抬头对那皎洁的明月再望一眼，喃喃道出感谢的祷告辞。

虽然洞外的寒风刺骨，但洞里温热的污浊之气却更令人难受。当她爬进黑洞之中，不免再度被恐慌的情绪所淹没，但她强忍住这一切。"你已经爬过一次，"她告诉自己，"你可以再做一次。"她把头放进去，开始往里面爬。

4

芮恩不知道爬了多久才回到洞内，她先是回到那越来越狭小的洞，最后回到那令人窒息的狭窄，然后出来进到石林里。神奇的是，食魂者已经不见踪影。只见闪烁的火炬照着岩壁上那一圈触目惊心的红色手印，她的感觉从作呕转为恐惧。

有一个东西，或许是她的氏族守护灵，盘旋在她的头顶上方，带领她迂回前进。然后地势骤降，她蹒跚着走到充满腥臭的潮湿洞窟，里面隐约有摇曳不定的火光。从血红色墙壁的低洼隧道通往一个较小的洞窟，其中有石板形成的隔间，她听到石板后面有磨爪声，猜想那应该就是囚禁"牲礼"的地方。

"托瑞克！"她低声叫唤。

没有人回答，令人毛骨悚然的沉静。

"狼！"

还是没有声音。她伸出双手摸索，在幽暗中往前走。火炬熄灭，让她顿时陷入黑暗，然后她被地上的东西绊倒，她心里做了最坏的打算。所幸没有动静，她脱下手套、摸索地面，她摸到柔软的海豹皮，一个身穿海豹皮外套的人躺在地上。

"托瑞克？"她低声说。

没有声音，他是在睡觉吗？还是……她靠了过去，害怕发现噩耗：**万一他死了**。她心神不定，少了死亡面具的守护，他的灵魂将流离失所、溃散迷惘，沦为一股黑暗能量。他的氏族灵魂很可能会失散，无法顺利升天而沦为厉鬼。想到自己的朋友很可能会变成敌人，芮恩真的很害怕。

不，她不相信。她摸黑探索应该是脸的地方，感觉到一丝温暖，有呼吸——他还活着！她匆忙把手缩回来。**搞不好并不是托瑞克，搞不好是某一个食魂者**。她充满怀疑地摸摸那人的头发：很厚，短发，前额有刘海。一张瘦削的脸，没有胡子，但是摸起来粗粗的，可能是冻伤，摸起来像是托瑞克，但万一搞错……

她想到了，如果真的是托瑞克，左小腿上会有伤疤。去年夏天他曾经被熊爪划伤，不但自己乱缝一通，还忘了拆线，后来她只好帮他拆线，他很不耐烦，两个人的头撞到一起，笑得东倒西歪。

她把手伸入他的靴子里，在小腿处摸索。没错，她摸到一条突起的伤疤。她大感放心，不禁微微颤抖，捉住他的肩膀摇晃。"托瑞克！你醒醒！"

他的身体显然异常沉重，完全没有反应。

她在他耳边轻声呼唤："不要这样！快点醒过来！"

他究竟是怎么了？难道他们给他吃了什么安眠剂？

"谁在那里？"一个女人粗声喝道。

芮恩不敢动弹。微弱的灯火出现在隧道尽头。

"男孩？"妇人叫着，"你在哪里？快回答我！"

芮恩手忙脚乱地在黑暗中寻找躲藏的地方，她的手指碰触到一块盖住凹洞的石板边缘，但是太重了，她无法推开它。快找另外一个，快。脚步逐渐靠近，火炬越来越亮。

芮恩找到一片可以搬动的石板，于是匆忙推开，悄悄地、非常安静地爬了进去，然后把石板拉上。一道细细的光线从缝隙里透进来，她屏息以待，脚步停住了，不管那是谁，都已近在咫尺。

她把头转开，偏离火炬的方向，免得被发现，然后将目光停留在黑暗中。在她的背后，有一对黄色的眼睛正瞪视着她。

第二十六节

芮恩猛然回头，看到一个足可划破鲸肚的锐利鸟喙，一对足以攫取麋鹿到崖顶巢穴的巨大鹰爪。她把脚缩回来，整个人蜷缩在角落。洞穴太小了，几乎容不下她们两个，她的武器毫无施展的余地。她想象自己的身体即将被那快如电光的鹰爪撕碎，食魂者看着她残破不堪的血肉，冷笑着帮老鹰解决剩下的部分。

"男孩！"石板另一边的食魂者在叫唤。

老鹰弓起它的巨翅，定睛看着芮恩。她听到一把火炬插入岩缝的声音和一只蝙蝠的尖叫。

"原来你在这里！"蝙蝠族的巫师说。

芮恩不敢动弹。

"男孩！醒过来！"

"你找到他了。"另一个女人的声音在稍远的地方响起。她的声音听来轻柔婉约，充满旋律性，就像水波在岩石上慢慢漾开。芮恩不禁起了鸡皮疙瘩。

"怎么叫都叫不醒。"蝙蝠族的巫师说。

"他吃太多树根了。"柔声的那个却语带嘲讽，"不要管他，反正明天之前用不上他。"

老鹰张开双翅到最大，警告芮恩快退后。但她又能退到哪里去？已经无路可退。她试图缩小自己身体所占的空间，手掌还压到了一小粒鹰粪。食魂者忽然都沉默了，难道她们听到了？

"你在做什么？"那个声音轻柔的食魂者说。

"帮他翻个身。"蝙蝠族的巫师说，"不能让他趴着睡，如果生病，这样睡很容易窒息。"

"妮芙，何必麻烦？他不值得你……"她忽然住口。

"怎么了？"妮芙说。

"我感觉到……"另一个人说，"灵魂。我感觉到灵魂，在我们周遭的空气里。"

一阵沉默。然后响起一声高频的尖鸣。芮恩眨着眼，鸟粪的臭气

熏得她眼泪和鼻涕直流，她努力忍住才没打出喷嚏。

"你的蝙蝠也感觉到了。"柔声的那个说。

"来，我的小可爱。"蝙蝠族的巫师低声说，"但那是谁的灵魂？会不会是有的牺礼已经死了？"

"应该不是。"另一个喃喃说，"那感觉起来比较……不是，不是牺礼。"

"不过最好还是看一下。"

芮恩一听惊恐万分，全身像是被冰雪覆盖。

"拿着我的火炬。"蝙蝠族的巫师说，她的声音显示她已经走到洞窟另一边。

芮恩听到几步以外有石板移动的声音，然后是一只狼獾愤怒的嘶声。

"嗯，至少这只还没死。"柔声的那位笑道。

蝙蝠族的巫师"哼"一声拉回石板。另一片石板被推开，很靠近芮恩躲藏的地方，她听到一只水獭的尖叫。食魂者一一检查牺礼，越来越靠近她躲藏的地方，她的思绪飞奔：无路可逃，如果冲出去，就会被看到，如果待在这里，形同误入陷阱的鼬鼠，被逮个正着。她必须阻止他们查看，否则就是死路一条。

一只狐狸在隔壁的洞里吠叫。要轮到她了，快想办法！只有一个办法：她紧闭双眼，先用双手蒙住头脸，然后踢了老鹰一脚。老鹰随即发出刺耳的"喀克，喀克，喀克"的叫声，她感觉自己的手腕只差一毫的距离就被鹰爪扫到。

石板另一边的食魂者停下脚步。老鹰生气地摇晃一下身躯，开始梳理自己的羽毛。芮恩的双臂仍然护着脸，不敢相信自己竟毫发无伤。

"没必要看这一个了。"蝙蝠族的巫师说，"虽然它听起来大概是饿了。"

"哦，别管它了！"另一位不耐烦地说，"也别管那个男孩，通通别管了！我好累，你也是！走吧！"

对，快走吧！芮恩在心里说。

蝙蝠族的巫师有点犹豫。"你说得对。"她说，"反正他们也只能再活一天。"

脚步声慢慢往隧道那边远去。芮恩整个人坐倒在地，她用指尖抚摸手腕上的闪电刺青，脑海浮现坦内吉克聪慧的圆脸。**我想你会用得上。**

过了一会儿，老鹰又开始暴躁起来。但芮恩还是不敢妄动，她揉着自己近乎麻木的双脚，然后听到石板另一边有人在动。

"你可以出来了。"托瑞克低声说。

4

他还是不敢相信真的是她。"芮恩？"他喃喃问道。

"感谢神灵，你醒了！"她原本的红发已经染黑，看起来真的好陌生。但她确实是芮恩，惊魂未定地露齿而笑，有点尴尬地轻拍他的胸口。

"芮恩……"他说着又开始头晕，于是闭上眼睛。他想把一切都告诉她，关于自己如何心灵行走到冰熊的身体里，后来怎么被困住。还有他听到狼的嚎叫——在心里嚎叫——最后他好不容易终于挣脱冰熊的控制。更重要的是，他想告诉她，她居然能够进到这个黑暗的洞穴里，而且找到他，实在太神奇，太好了。

但他一开口，苦涩的胆汁就涌到喉头，他只能说："我……我想吐。"他说完便四肢着地呕吐起来，她跪在他身边，帮他把头发往后挽。

吐完以后，她扶着他蹒跚起身。当他们走到火炬照射的范围内，她才有机会看清楚他的脸。"托瑞克，你怎么了？你的嘴唇都发黑了，前额还有血！"

他避开她伸出的手指："不要摸……那是不洁的。"

"怎么回事？"

他难以启齿，只是说："我知道他们把狼关在哪里了，我们走。"

当他摇摇晃晃往隧道那边走，她却拉住他。"等一下，我有话要说。"她略为停顿，"食魂者……他们的目标不只是狼，你也会被捉去当牲礼！"她转述自己在石林里偷听到的咒语，他听了不禁又要作呕。"那个魔咒将赐给他们极大的权力，而且保护他们免受厉鬼之害。"

他顿时双腿无力，整个人靠在岩壁上。"九个猎者。我听到他们这么说，没想到却是……"他沉着脸，拿起火炬。"走吧，时间不多了。"

芮恩有点迷惑："狼……没有和其他动物关在一起吗？"

"没有。以后我再告诉你细节。"

穿越隧道的时候，托瑞克的头脑逐渐清楚起来，他努力回想冰熊所嗅到的气味踪迹，不时停下来倾听追踪的声响。他告诉她，食魂者提到之所以把狼分开囚禁，是因为听到跨海而来的消息。然后他转述自己在洞穴中见证的情况，他们已经找到大门，食魂者的计划就是让恐怖充满世界，还有他见到那颗耀眼的火焰蛋白石……

芮恩一听，停下脚步："火焰蛋白石？他们竟然找到了火焰蛋白石？"

他盯着她："你听说过？"

"嗯，但我所知不多。"

"你为什么没跟我提过？"

"我没有想到……"她有点犹豫，"那是大家从小耳熟能详的故事，我是说……如果你在氏族里长大。"

"快告诉我。"

她靠了过来，他感觉到她的呼吸吹拂自己的脸颊。"火焰蛋白石……"她低声说，"是'庞然公牛'眼里的光，所以厉鬼才会这么渴望它。"

他和她四目交接，在那深不可测的黑暗中，仿佛有两个微小的闪亮火光。"所以只要拥有它，就可以控制厉鬼。"他说。

她点点头："只要不让它碰到大地或岩石，厉鬼就会沦为奴仆，而且一定会听从那个人的使唤。"

他想到石林里绯红的光辉。"但它是如此美丽。"

"邪恶也可能很美丽。"芮恩异常冷漠地说，"你难道还不知道吗？"

他实在很难接受："它存在多久了？它是什么时候……"

"没有人知道。"

"现在却被找到了。"他喃喃说。

她舔了一下嘴唇说："谁拥有它？"

"欧丝特拉——鹰鸮族的巫师。但就在他们找到'大门'之后，她就不见了。"

他们两个人都陷入沉默，听着头顶上的蝙蝠振翅声和远处的水滴声，心想不知尚有什么生灵在黑暗中簇拥。

托瑞克先开口说话："走吧，快到了。"

芮恩不禁感到困惑："你怎么知道往哪边走？"

他有点迟疑："反正我知道。"

山

他们爬得更高，最后到达一个潮湿黑暗的小洞窟，有一小池棕色的污水慢慢流入一个发出回音的小洞。水池旁有一个桦树皮制的桶子，里面有一个树皮袋子，袋子里装了几片腐臭的鳕鱼。他们在角落里找到一个看似凹洞的地方，上方覆盖了一片坚固的枝条板片，而且压有石块固定。托瑞克的心跳得好快，他知道……他知道 狼就在这个洞里。

他先把火炬交给芮恩，然后把石头搬开，接着把板片丢到一边。

狼栖身在一个几乎只能容身的脏污凹洞，简直就是瘦到皮包骨，皮毛发出一股恶臭。他把头摆在两只前掌之间，趴着一动也不动，托瑞克顿时胆战心惊，生怕他已经死了。

"狼！"他出声叫唤。

那银色的头转了过来，琥珀色的双眸却暗淡无光。

"他的口鼻……"芮恩低声说，"你看看他的口鼻！"，

只见狼的口鼻被一条皮绳紧紧绑住，绑得非常紧，实在很残忍。托瑞克气到胸口快爆炸。"我来弄。"他紧咬着牙说，"把你的刀给我。"

他急忙跳进洞里，把那条皮绳割断。"狼兄弟……"他用颤抖的哀鸣与咕哝声说，"是我！"

狼的尾巴动也不动。

"托瑞克。"芮恩心中非常不安。

"狼兄弟！"托瑞克也着急起来。

"托瑞克！"芮恩叫道，"快出来！"

狼发出一声怒吼，摇晃地站起身来。就在他扑过来之前，托瑞克及时抓住洞口的边缘，把身子往上提，芮恩则紧抓着他的外套，使尽全身力气把他拉出来。他一冲出来，两个人就赶紧把板片再度盖上，石块全部压回去，狼"砰"的一声猛力撞过来。

芮恩用两只手捂住自己的嘴。托瑞克瞪着她，完全不敢置信。

"他不认识我了。"他说。

第二十七节

狼跳向一只奇怪的少年无尾，可是窝转眼又被关住了，他坐回地上。尾巴上的腐坏让他没办法休息，他不断绕着圈子，直到两只后脚颤抖不停，只好坐躺下来。他的皮毛又热又紧，耳边不断嗡嗡作响，黑雾让他头痛欲裂。

上方传来那个奇怪无尾发出的吠叫，他疑惑地竖起耳朵听。他认得这些声音，至少他觉得应该是认得，这些无尾听起来很熟悉，闻起来却很不对劲。那个女孩闻起来像是狗和老鹰，而男孩……听起来很像"无尾高个子"，却散发出那些坏无尾和那只白色大熊的气息。他究竟是不是"无尾高个子"？狼实在不知道，他的脑子一片混乱。

不过，不久以前他确实嗅到他狼兄弟的气味，这点毫无疑问。他是在"蛇舌"的外皮上嗅到的，虽然她后来用那可恶的鹿皮绑住他的口鼻，但他还是对他的狼兄弟发出了狼嚎——在他的脑海里。而且，有那么一下子，非常短暂的瞬间，他听到了一声回答，他狼兄弟粗犷而美丽的狼嚎声，就像温柔的微风吹拂过他的皮毛。

可是那股黑雾再度弥漫，美丽的狼嚎竟变成一只熊的麻木嘶吼。**我很生气！**那只熊在狂吼：**生气！生气！**就像所有的熊一样，这一只熊的说话能力也不怎么样，只会不断重复同样的话。

上方传来刮擦的声音，光线刺痛他的眼睛，一团桦树皮在他的鼻子前面晃动，然后停下来，他无精打采地舔着里面的水。那两个奇怪的无尾一直在瞧他，他嗅到他们的困惑与恐惧。现在那个男孩靠得非常近，有点近得过份，并发出温柔的哀鸣声："**狼兄弟！是我！**"

那个声音……如此熟悉。在狼头痛欲裂的耳边听起来是如此悦耳，就像酸痛的脚掌伸进了沁凉的溪水。或许狼是在美好的睡梦时光，或许等他醒来，将再度孤身困陷于这个腥臭的窝里。又或许，这全是那些坏无尾的诡计。

那个男孩再度靠近，狼发现他头上的毛发比"无尾高个子"短

很多，但他同时也看到了一张可爱而平板的脸和一双明亮的狼眼。狼的内心困惑无比，嗅着那只伸向他的无毛前掌，那嗅起来确实有点像"无尾高个子"，但这是真的吗？狼究竟应该温柔舔舐，还是发狠咬下去？

4

狼发出一声警告的嚎叫，托瑞克赶紧把手缩回来。

"他真的不认得你了。"芮恩说。

托瑞克紧握着拳头。"但他一定会想起来的。"他狠狠盯着那狭小的肮脏凹洞。这些可恶的食魂者，我要让他们付出代价，就算用一辈子的时间，我也要猎杀他们，至死方休，为狼报这一箭之仇。

"我们还有多少时间？"芮恩把他拉回到现实。"那些食魂者在哪里？"

他摇摇头："这里离石林很远，他们听不到的，而且舍丝露说他们已经要休息了。我想他们不会再过这边来，至少在明天他们打开大门之前。但这只是我的猜想。"

芮恩凝重地点点头。"可以确定的是，狼这个样子，我们是走不远的。他需要食物和药物，而且要快。"她说着打开食物袋，拿出了一片海豹油脂丢到洞内，狼立刻扑过去囫囵吞下。

"你真细心，还想到带食物进来。"托瑞克说。

"还有呢……"芮恩喃喃说着。她先拉出一个桦树皮碗，再从食物袋里拿出一些暗色小圆粒装在碗里，然后放到洞内。狼的黑色口鼻抽动着，他站起身来，用力嗅着那熟悉的气味。

"越橘。"芮恩说。

托瑞克终于咧嘴笑了。但当他转过头去看狼，脸上的笑容又不见了。"他会好起来的，对不对？"他看得出来，她正勉强挤出一丝鼓舞的微笑。

"芮恩……"他彷徨地说，"应该没有那么糟吧？"

她拿着火炬往洞里一照："你看他的尾巴。"

狼发出凶恶的怒吼：走开！

托瑞克一看，背脊全凉了。狼的尾巴末端蒙上了干掉的血液痕迹，但让他更加恐惧的是，伤口透出的深绿色，像是散发出腐臭味的死肉。

"这是坏黑病。"芮恩说，"正慢慢毒害他，疾病的虫子正从内部啃蚀他。"

"可是……只要一到雪地上，他就会好起来的。"

"不，托瑞克，不是这样的。我们必须马上阻止它，否则恐怕会太迟。"

他当然知道她的意思，只是现实太残酷，他一时无法面对。"你一定有办法的！毕竟你懂得巫术！"

"如果巫术有用的话，难道我会拖到现在？托瑞克，坏黑病会把他害死的！"她和他四目交接。"现在只有一个办法——切掉它。"

凸

"你知道我是对的。"芮恩复述一次，但她发现托瑞克根本就没在听。她恐慌地回头看了一眼，到目前为止，尚未看到食魂者的踪迹。她转过身来面对他："你信任我吗？"

"什么？"

"你信任我吗？"

"我当然信任你！"

"那你就应该知道，我说的都是实话！现在，我要你告诉他，告诉狼，我们必须做这件事情来帮助他。"

他有点犹豫，慢慢进入凹洞，轻声说着狼语。狼抬起头来发出一声警告，托瑞克置之不理，芮恩在一旁看得胆战心惊。只见他蹲

下来，用非常温柔而坚定的眼睛直视着狼。狼竖起颈背的毛，耳朵往后贴。突然间他怒吼一声，险些扑到托瑞克的脸上，巨大的牙齿碰撞声响彻洞窟。

托瑞克反而把头靠得更近，嗅着黑色的狼唇。狼继续低声嘶吼，整个眼神变得异常漆黑，凶狠地瞪视着托瑞克。托瑞克往后退，站起身来。"他听不懂。"他的语调很僵硬。

"为什么听不懂？"

"我……我没办法让他了解，这样做可以让他好起来。因为在狼的话语里并没有未来。"

"哦。"芮恩说。她缓缓取出事先系在腰带上的斧头——她偶尔会有这样的预知感，知道应该会用到。"拿去！"

托瑞克没有回答，只是盯着斧头看。

"我们只需要……切掉尾巴的末端。"她说，"大约你拇指的长度。"她说着倒抽一口气："托瑞克，你必须这么做，他是你的狼兄弟。"

他接过斧头，在手中掂量。狼抬起头，然后沉重地坐倒，身体两侧起伏着。托瑞克努力振作起来，站稳了双脚，举起手中的斧头。芮恩忽然一阵晕眩，这不正是白狐族长老们观测到的异象吗？

托瑞克却慢慢放下了斧头。"我办不到……"他喃喃说道，转过头望着她，双眼闪着泪光。"我没办法。"

芮恩迟疑片刻，接着也跳下了凹洞，里面的空间很窄，她只能和他并肩站立。她接过他手上的斧头，狼对她投以险恶的眼神，双唇嘶地往后拉，露出可怕的尖牙。

"我们应该绑住他的口鼻。"她低声说。

"不行。"托瑞克说。

"他会咬我们。"

"不行！"他坚决反对，"如果我绑住他的口鼻，他会认定我和那些食魂者没有两样。如果我不绑他，如果我相信他不会伤害我，那么或许他也会信任我，让我们帮助他。"

他们互看了好一会儿。她在他的眼中看到坚定的信念，知道他已经下定决心。

"我不会让他咬你的。"他说着把身子挡在她和狼的尖牙之间。他跪在狼的身边，狼抬起头嗅嗅他的指间，然后又躺回去。

托瑞克伸出左手摸着狼耳后蓬松的毛，很轻柔地爱抚，并低声咕哝着。他的右手轻轻拍着狼的侧边，然后慢慢地，往后碰到狼的后腿。当他的手移到狼的尾巴时，狼皱起口鼻发出了怒吼。

托瑞克的手并没有停下来，只是放慢速度，顺着尾巴往后摸。狼不断咆哮，全身抖得很厉害。托瑞克停住动作，然后又往前移动手指，几乎快碰到末端的腐烂处，他握住狼的尾巴，把它轻压在地上。

突然间，狼快速扑过来，随即咬住托瑞克的另一只手，咬得非常紧，已经印出齿痕，只差没有刺穿血肉，他随时准备一口咬碎。芮恩吓得大气也不敢喘，她曾经见识过狼咬碎一头麋鹿的大腿骨，知道他当然可以轻易咬断托瑞克的手腕。

那双琥珀色的大眼睛正视着托瑞克的眼，等着看他要做什么。托瑞克满头大汗，与狼四目交接。"准备……"他告诉芮恩。她重新调整自己紧握斧柄的手指。托瑞克的目光始终不离狼的眼睛。"快动手！"他说。

第二十八节

狼的尾巴还是很痛，但那是一个干净的伤口，原来的坏东西已经没了。黑雾也散了，他的心中再无怀疑，眼前这个男孩就是"无尾高个子"。

原来是那团黑雾作祟，害他竟对自己的狼兄弟怒目相视，还用牙齿咬住他的前掌。**如果你伤害我**，狼当时用眼神告诉他：**我就咬下去**。但"无尾高个子"的注视始终坚定而真实，然后，忽然间，狼想起了自己还是幼狼的时候，因为吃的鸭骨头卡在喉咙里，"无尾高个子"捉住他的肚子猛力挤压。狼当时真的好生气，转过身想咬他，可是"无尾高个子"继续挤压，鸭骨头就从狼的口里喷了出来。他懂了，原来"无尾高个子"是在帮他。

所以，狼就让狼群姐妹用那把很大的斧头切掉了他的尾巴，所以他并没有把他狼兄弟的前掌真的咬下去，因为他们是在帮他。现在好了，狼群姐妹靠在窝边喘气，"无尾高个子"则把头埋在前掌里，浑身颤抖。

狼走过去嗅着那段被丢在斧头旁的尾巴，那原本是狼的一部分，现在却只是一块坏东西，连吃都嫌脏。然后他用鼻子去碰触"无尾高个子"的下巴，跟他说对不起，为刚才的无理瞪视道歉。"无尾高个子"发出奇怪的鼻音，然后把口鼻埋在狼的颈背里。

在那之后，事情开始好转。狼群姐妹又给了狼更多的越橘，还有那滑溜溜的海豹油块，真是好吃极了，他觉得体力逐渐恢复。"无尾高个子"就坐在他身边，搔着他的侧边，狼群姐妹则用一种闻起来像蜂蜜和湿湿蕨草的混合稀泥，抹在他尾巴被咬掉的地方。狼放心让她涂抹，因为他知道，她是在帮自己好过一点。

他把口鼻摆在前掌之间，闭上眼睛，享受狼兄弟帮他搔痒的幸福感，还有尾巴伤口的冰凉与舒服感受，帮他赶走最后一点坏东西。

山

狼复原的速度很快，连芮恩都感到有些惊讶。他的毛皮迅速恢复

光泽，鼻子也不再干燥发红，尾巴末端比原先短了约一个拇指，但伤口闻起来很干净。她也很惊讶，狼居然如此顺从，让她抹上接骨木和绣线菊捣成的糊状药膏，甚至还让她用树皮织布帮他包扎伤口。反而是托瑞克不敢看那伤口一眼，仿佛他比狼更感到痛。

"他真的好多了。"芮恩希望托瑞克放心，"我想狼的复原能力应该比我们都要好。你还记得去年夏天的'咆哮公鹿之月'吗？他跑去找黑刺莓果，结果撕伤了耳朵，三天以后他就好了，完全看不出来。"

"是啊，我差一点忘了。"他勉强挤出一丝微笑，"你的药膏也很有用。"

"他的体力已经逐渐恢复。"她说着把药袋拉起来。"我想我们应该……"

一只蝙蝠振翅而过，他们不约而同停住倾听——没事。一天之内三次，虽然在如此奇异的地心之中，不管何时都像是黑夜，托瑞克溜回到石林查看，偷了一把新上油的火炬，同时确定食魂者仍在沉睡，但是绝对不能放松警觉。

"我们应该让他离开这里。"芮恩说，"可以用腰带做成吊绳，把他拉出来，如果他让我们这么做的话。"

"他会的。你说泰亚兹把洞口封住了？"

"没错，或许我们可以把它搬开。"

"我们一定要搬开，不然出不去。"

"也不一定。"芮恩有点难为情地告诉他那个洞的事。

通常他会继续追问，包括她为什么不早点说，但他现在似乎有点心不在焉。她心想，或许他们正在担心同一件事。她看着他用鼻子磨蹭狼的颈背，狼舔了一下他的耳朵，然后他们交换了一个亲密的眼神。换作是从前，芮恩会觉得此刻自己是多余的，但她现在一点也不在意，反而庆幸托瑞克寻回了他的狼兄弟。

"九个猎者的血……"他突然说，"是为了保护他们免于厉鬼的侵害，当他们打开大门时，是吗？"

她点头。"我也想过这点。就算是食魂者，想要打开异世界的大门，就算只是维持几个心跳的时间，也是很艰难的任务。但那就够了。"

他们的脑海里浮现出恐怖的景象：厉鬼蜂拥而出，宛如黑色的洪水泛流到雪地上，跨越冰地，往森林流去。

"还有那颗火焰蛋白石。"托瑞克说，"让他们有能力控制那些倾巢而出的厉鬼。"

"没错。"

他把手放在狼的侧边，狼轻轻晃动尾巴以示认可。"要怎么摧毁它？"托瑞克说，"击碎？还是丢入海中？"

她的手指紧握药袋。"没有那么容易。想要真正剥夺它的力量，唯有深埋到土里或岩石中，而且……"她有点犹豫地说，"它需要一个生命陪葬，否则就会被触怒。"

托瑞克眉头深锁地把下巴靠在膝盖上。"当我帮父亲画死亡面具时……"她很吃惊他怎么会忽然提起这些。"我并没有画得很好，尤其是那个系住氏族灵魂的图形。"他说着抚摸自己的胸骨。"他有一个伤疤，那是他刮掉食魂者刺青时所留下的。"

芮恩倒抽一口气。

"我一直没有回去帮他把事情做好。"他继续说，"帮他捡骨，葬到狼族的埋骨坟场——不管那是在哪里。因为打从那时候开始，我就被迫一直和食魂者战斗。"他停顿了一下，"因为他叫我走，我才走的。因为他知道那是我的命运——和食魂者战斗。我想，我已经不能再逃避这个命运了。"

芮恩没有回答，这正是她最怕听到的话。她多么盼望他们可以赶快离开这些恐怖的洞窟，找出他们的皮船，回去找白狐族人，印努堤路克会用狗拉的雪橇送他们回森林，然后他们就可以和芬·肯丁团聚，一切就结束了。但她知道，事情没有那么单纯。

托瑞克抬起头来，灰色的眼睛如此坚定。"这已经不是为了要救狼。我不能就这样逃跑，放任他们打开异世界的大门。"

"我知道。"芮恩说。

"你真的知道吗？"他的表情真诚而脆弱。"因为我一个人办不到，而我又不能请求你的帮助，你已经为我做得够多了。"

这句话让她很不高兴。"我当然知道，我们要一起去做你要做的事！我们必须先确保狼的自由，然后……"她深呼吸一口气，"然后我们会阻止他们打开大门。"

第二十九节

经过一番折腾，他们终于把狼弄出了那个凹洞，然后开始往外走。他们通过那个关牲礼的隧道，幸好没有看到食魂者，但是显然他们刚才到过这里，因为原先关山猫的洞已经空了。托瑞克正在想，狼为什么发出低声而急促的"嗷呜"！

"快躲！"他低声说。芮恩跟他们相处久了也已经知道狼的警告意思，所以早就躲进了山猫的凹洞。托瑞克赶紧盖上石板，才刚盖好，妮芙的小蝙蝠已经掠过他的脸。

"男孩？"妮芙在隧道尽头叫唤，"你在哪里？"

托瑞克看了一眼后面的狼，他琥珀色的眼睛有如发光的火炬，万一妮芙看到他……当蝙蝠族的巫师跛行朝他走过来，狼早已一溜烟跑进黑暗之中。托瑞克松了一口气，他不应该低估狼的，只要他不想被看到，就不会被看到。

"我在这里。"他尽量保持声音的平静。

"你跑去哪里了？"妮芙斥责他。

他用双手抹着自己的脸，让自己看起来像刚睡醒的样子。"我睡着了。那块树根……我的头好痛。"

"当然会痛！你必须坚强起来才能成为食魂者！"

托瑞克很紧张，因为她就站在芮恩躲藏的凹洞前面，并且把手靠在岩石上。他故意往旁边走，希望她也会跟过来，但她并没有，反而把火炬插到岩壁上，盘腿坐了下来。"坚强。"她又说了一次，仿佛是在自言自语，"你必须坚强起来。"她摊开自己的双手，低头看着满手的血腥。

"山猫……"托瑞克说，"你杀了它。你们开始进行牺牲的仪式了。"

妮芙把染血的双手摆在自己眼前，紧握着拳头。"非做不可！少数人必须为多数人的利益而受苦！"

托瑞克舔了一下嘴唇。他必须先打发蝙蝠族的巫师，免得她发现芮恩，然而……

"你不必这么做。"他说。

妮芙抬起头来。

"牺牲。大门。"

"什么？"蝙蝠族的巫师喝道。

"会有厉鬼啊！"

"这就是其中的奥妙！厉鬼不懂得分辨是非，我们可以任意驱策他们！你还不懂吗？那正是我们把事情做对的大好机会，彻底施行'世界灵'的方式！"

"所以要先破坏氏族的法律？"

妮芙瞪着他，突然间，她蹒跚着站起身来，伸手拿出火炬，靠过来照着他的脸。靠得非常近，他可以听到松树脂劈啪燃烧的声响。"你先前只是一个小懦夫。"她说，"卑躬屈膝地求饶，现在却变了一个样子。你为什么要装模作样？"

托瑞克没有回答。

她放下高举的火炬。"啊，反正已经不重要了。"一个小黑影飞进光照内，停在她的肩上。托瑞克看她轻抚着柔细的蝙蝠毛，心想她既然这般爱怜自己的氏族动物，为何却让心灵蒙上罪恶的污点？

"大门开启已经近了。"妮芙说，"你还有很多事要做。把牲礼都带到石林来。"

他盯着她："你是说……"

"我们要杀了它们，把它们全都杀了！"

他倒抽了一口气："那你……你要去哪里？"

"我？"妮芙粗声说道，"我要去照料那只狼。"

4

"你的脑子里在想什么？"芮恩在蝙蝠族巫师走后低声说，"居然跟一个食魂者长篇大论，更何况我还躲在旁边，随时可能被发现！"

"我想或许可以改变她的心意。"托瑞克说。

"托瑞克，你忘了她是一个食魂者吗？"

她说得对，只是他不想承认。"走吧。"他匆忙说道，"等她发现狼不见了，就会提高警觉。我们必须先释放这里的牲礼，然后离开这里！"

他们竖起耳朵听脚步声，快步跑过隧道，一一把岩石拿开，放出里面囚禁的动物。石板还没完全拉开，白狐和水獭就已经挤了出来。老鹰愤恨地瞪了他们一眼，张开一双巨翅往黑暗里飞去。狼獾嘶吼一声，要不是狼从阴暗处跳过来的话，恐怕已经对他们展开攻击。

"嘿！"芮恩喘着气说，"真是恩将仇报！"

"你觉得它们会找到地方出去吗？"托瑞克说。

她点头："石板和洞口之间有缝隙，够它们钻出去。"

"狼呢？"

"他也可以钻出去。但我们就不行，也别想搬得动石板。"

"你是说……我们必须钻你的那个洞出去？"

她满脸通红："如果有那个机会。"

他们顿时沉默下来。他们一直没有想到该如何阻止食魂者，只知道必须先回到石林，然后采取行动。狼小跑步过来，爪子喀喀作响，走到隧道的尽头，接着他忽然停住脚步，猛盯着那个关冰熊的凹洞。

托瑞克带着不祥的预感，赶紧跑过去，往里面一看，不禁双腿跪倒。"我们的运气至少会比这两个好。"他说。

"你这话是什么意思？"芮恩说。

他把身子挪开一点让她看。那些食魂者已经杀死冰熊，还剥下它的皮，把腐烂发臭的尸身扔回洞里。山猫也是同样的下场，尸身就被扔在冰熊旁边。

芮恩整个人瘫软在洞壁上。"他们怎么可以这样？就这样任由它们腐烂。"

"这是邪恶。"托瑞克，"这就是邪恶的真面目。"

惨死的冰熊看起来小得可怜，托瑞克的心里充满了哀怜。"愿你

的灵魂寻路回到冰地。"他喃喃说，"愿它们安息。"

"托瑞克……"芮恩的声音听起来好遥远，"时间差不多了，该走了。我们必须阻止他们打开大门。"

Ψ

在石林中，"开启"的仪式已经在进行。托瑞克蹲在洞窟口的阴暗处，战斗士气低落，狼依靠在他身边哆嗦，芮恩僵立在一旁。

石树溅满了血迹，祭坛上冒出袅袅的辛辣黑烟，食魂者正在奉献他们的头发。橡树族和蛇族的巫师在阴暗处徘徊，拿着三叉耙子在黑暗中戳刺，击退那些被杀害猎者的冤魂。他们都经过伪装，戴着死眼面具，涂黑的嘴唇边冒出漆黑的泡沫。两个人都上身赤裸，只罩着一件油亮的生皮。

蛇族的巫师穿着山猫的皮毛，它裂开的头就戴在她的头顶，只见她激动地挥舞着从行者那边夺来的打火石，柔滑的生皮在背部掀起波浪。橡树族的巫师则化身冰熊，他双手穿进前掌毛皮的内部，在石树茂密的枝干间摇摆、嘶吼，挥动尖爪在空中作势攻击。

唯有鹰鸮族的巫师没有改变，仍然像是从岩石里长出来的，面对那标示"大门"所在的红手印。她死尸般的手盖住镶有火焰蛋白石的权杖。托瑞克用尽所有的力气，摆脱食魂者做法的魔力。无论他们决定采取什么行动，都必须当机立断，速战速决。妮芙随时都会回来提出警告。

"火炬……"他在芮恩的耳边说，"我只看到三把。如果我们把火都弄熄，或许……"

芮恩一动也不动，她似乎完全无法把视线移开，出神地望着食魂者。

"芮恩！"他摇着她的肩膀，"火炬！我们必须行动！"

她收回视线。"拿去。"她低声说，"你用我的刀子，我用斧头。"

187

他点头。"那个洞在哪里？"

"那边，在发绿的矮石柱那里，有一个很大的裂缝，你必须爬上去。"

"好。我们应该可以到那边会合，等时机一到。"

他忽然跪下来，把脸靠在狼的口鼻上。狼微弱地摇动尾巴，舔了一下他的耳朵。

"他会找到路出去。"托瑞克站起身时低声说，"他的机会比我们好。"

"那现在呢？"芮恩说，"我们要怎么阻止他们？"

托瑞克盯着那些不断绕圈圈和嘶吼的食魂者。"你想办法弄熄那些火炬，我让他们说话。"

"你什么？"她还来不及阻止，托瑞克已经站起身来，走到光亮的范围内。

"山猫"和"冰熊"以惊人的速度转身，用凶狠的目光盯着他看。"第九位猎者来了。"橡树族巫师的声音宛如致命的熊。

"但他为何空手而来？"蛇族的巫师嘶吼，"他应该带来老鹰、狼獾、水獭和白狐。"

鹰鹑族巫师的鹰爪指紧抓着权杖："为什么没有？"

托瑞克张嘴要说话，却发不出声音。芮恩在做什么？火炬为什么还在亮？他脑子里一片乱哄哄，必须想办法夺取那个火焰蛋白石，阻止他们开启大门，但这简直就是天方夜谭。

洞窟里响起一声巨吼，妮芙冲了进来。"那只狼不见了！"她吼道，"是那男孩干的，我就知道。他把狼放走了！他把它们全放走了！"

三张面具同时转过来瞪视托瑞克。"放走？"蛇族的巫师用令人毛骨悚然的温柔声音说。

托瑞克的身体紧靠着岩壁，蝙蝠族的巫师挡住他的去向。橡树族的巫师伸手抹掉自己嘴唇上的黑色涂料，张嘴说道："'狼活

着。'——我们的跨海兄弟传来这个讯息。究竟是什么意思？"

"然后男孩来了。"蛇族的巫师说，"一个有着白狐族刺青，但看起来不怎么像的男孩。我感觉到周围的空气里有灵魂在飘荡。究竟是什么意思？"

托瑞克的手紧握着刀子。但火炬仍在燃烧，食魂者越靠越近。

"你是谁？"橡树族的巫师说。

"你是什么？"蛇族的巫师说。

第三十节

"无尾高个子"被包围了。他很勇敢地面对他们，紧握着大爪，但要对付三个成年的无尾，他毫无胜算。

狼低下头，慢慢往前爬，那些坏无尾当然听不见他，他们并不知道他在这里。他转动一只耳朵，听到狼群姐妹偷偷摸摸的脚步声，就在几步远的地方。只听见嘶的一声，整个窝暗了下来。很好，她在帮他。狼可以在黑暗中看到，但那些无尾看不到。

"无尾高个子"说了一些违抗的话，那个发出死熊腥臭味的"白毛"爆出残酷的大笑。然后窝的另一边也暗了下来，又有一边暗下来。突然间，"臭皮"和"白毛"扑向"无尾高个子"，他躲得不够快，但那不重要，狼比他们都要快。他咆哮着跳向"白毛"，把他整个人撞倒在地，用力咬住他的一只前掌。"白毛"怒吼，手骨断裂。狼跳开，大口吞下刚才咬下的血肉。

他跑的时候，爪子轻轻掠过石头，差一点绊倒，他摇晃地稳住身体。尾巴短了一截，不像以前那么容易保持平衡，必须格外小心。他心里一边这样想着，一边赶紧跑过去帮助他在黑暗中目盲的可怜狼兄弟，他还没有摆脱"臭皮"的纠缠。

狼群姐妹在不远处拿着一根发光的树枝，眯着眼睛，无尾看不到的时候就是那个样子。同时"蛇舌"也没闲着，她穿过了沉默的石树，经过"石脸"的身边，走到窝的最后面，伸出爪子在岩石上乱抓，嘴里不断嘶吼，还发出一些令狼毛骨悚然的呻吟。他听到厉鬼的喧嚣，他不知道她究竟想做什么，只知道一定要阻止她。

然而"无尾高个子"需要他！因为他看不见前面的路，竟然跌跌撞撞地走向"臭皮"！原本举棋不定的狼在一瞬间作出决定，跳过去帮助他的狼兄弟，用身体把他推开，免得被坏无尾捉到。"无尾高个子"跌倒，稳住身子后捉住狼的颈背，狼带着他安全地穿过石林。

现在要阻止"蛇舌"已经太迟了。她的呻吟提高成为一种刺耳的尖叫，她的两只前掌张开，突然间，岩石上面出现了一张大嘴。"石脸"发出胜利的嚎叫，像碎裂的骨头，深深刺痛狼的耳朵。她高高举

起前掌，整个窝里充满火焰蛋白石的暗灰色光芒，**然后厉鬼涌出**。

"无尾高个子"放开狼的颈背，跪了下去。狼群姐妹丢下发光的树枝，用两只前掌捂住耳朵。狼蜷缩着紧靠"无尾高个子"，恐怖的厉鬼吹过他的皮毛。他知道必须攻击群鬼，那是他生来的使命，但它们实在太多了！它们簇拥着、推挤着、攫取着，全都渴望那灰色的冷光，狼看见它们湿淋淋的尖牙和残酷而明亮的眼睛，实在太多了……

突然间，他嗅到了愤怒。狼群姐妹已经摆脱了她的恐惧，正发出盛怒的咆哮，狼惊异万分地看着她拿起那根依然发亮的树枝，对着"蛇舌"扔过去。正中她的背——狼群姐妹在扔东西的时候，几乎没有扔不中的。"蛇舌"生气地嚎叫，她的前掌离开岩壁，开口顿时关了起来。

即便是这么短的时间，厉鬼也已经蜂拥而出，在石林里充斥着，它们争相靠向那火焰蛋白石。"石脸"依然高举着它，迫使它们奉行她的意志。狼感应到"无尾高个子"和狼群姐妹，包括他自己，都没有勇气对她展开攻击，因为他们知道，她是所有邪恶中最邪恶的。

他错了。狼群姐妹的攻击行动已然鼓舞了"无尾高个子"，他对她吠叫几声，她转过身来，扔给他一个大爪，就是咬掉狼尾巴最后面的那根大爪。"无尾高个子"用一只前掌捉住大爪，然后奔向"石脸"，奔向那些厉鬼！

恐怖控制住狼的前掌，但他深爱他的狼兄弟，说什么也不能离弃他。于是他们一起越过恐惧的云雾，然后"无尾高个子"收回前掌，挥动那巨大的爪，不是挥向"石脸"，也不是挥向"厉鬼"，而是挥向那镶在木棍上的小石片。

"无尾高个子"真是太聪明了！木棍断裂，掉了下来。群鬼尖叫四散，就像一头公牛脚下的蚂蚁，"石脸"倒下来，火焰蛋白石从她手掌飞出去，滚过地面，冷光随即被黑暗吞没。

群鬼异口同声哭嚎，它们自由了！现在它们在窝里四处流窜，就像一条急流，狼和"无尾高个子"一起躲到石柱丛里，当群鬼掠过的

时候，他的心里充满了恐惧与绝望。他听到那群坏无尾在吵架，因为
弄丢了火焰蛋白石而互相责备。

狼看到狼群姐妹爬到那边，把火焰蛋白石捡起来，藏在她颈部挂
的一片天鹅皮里。然后她捉住"无尾高个子"的前掌，用那一小根发
光的树枝照路，把他拉到大窝旁边一个更小的窝，就像鼠洞般狭小，
从那边飘进洞外流进来的清冷气味。

心中一痛，狼立刻知道他们必须分离，他们要走一条他尤法尾随
的路。他垂着尾巴，看他脱下外皮，准备要走。"无尾高个子"跪
下来。

走！"无尾高个子"告诉狼：**找另一条路出去！我们在上方碰
面！**狼摇着尾巴让他放心，因为他感应到他的狼兄弟很担心，他并不
愿意离开他。

然后他们就走了，狼转身奔向另一个方向，跟着那股从洞外流进
来的清冷气味走。

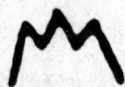

ᘺ

托瑞克迷失在一条无尽的隧道里，他不断地爬、喘气，然后继续
爬。真恐怖，好可怕的一个洞，不由得佩服芮恩，她是怎么办到的，
还爬了三次。

当他们精疲力竭地掉到雪地里，已经是晚上。这是一个起风的
"暗月之夜"，只有点点星光照在雪地上，然而，却没有看到狼。尚
未看到，托瑞克这样告诉自己，因为他一定会找到路出来，狼一定可
以的。

待在温热的洞窟里那么久，猛然接触到雪地上的刺骨寒冷，他们
的牙齿冷到打架，根本没办法讲话，只能快点打开那捆衣服，然后赶
紧套上。

"火焰蛋白石……"托瑞克终于喘着气说，"我看到它掉了，碰
到岩石。这表示厉鬼自由了！"

芮恩匆匆点了一下头。她的脸在星光下格外苍白，染黑的头发看起来就像另一个人。

"你有没有看到它掉在哪里？"托瑞克说，"有没有被他们其中的人捡到？"

她张开嘴想说，然后摇摇头。"走吧。"她喃喃说，"我们必须在他们出来前，赶到皮船那边。"

他不确定她口中的"他们"是指食魂者还是厉鬼，他也没问。蹒跚走过雪地，他们绕过那个突起的角落，"毒蛇之眼"已经封住，但等他们靠近一点，托瑞克瞥见一个白色小身影从缝隙中钻了出来，然后跑掉。他的心跳得好快，白狐找到出来的路了！

他转向芮恩，看到她在微笑，还是有生灵逃出来了。他们继续观察，看到狼獾暗色的仓促身影，终于不再急着咬人，而是忙着逃走。然后是老鹰出来，在雪地上显然格外笨拙，直到它展开双翅往天空飞去。

"安全离开吧，我的朋友。"芮恩温柔地说，"愿你的守护灵与你同飞！"

然后是水獭，先是对托瑞克投以尖锐的眼光，然后才快速滑冰而去。最后，就在托瑞克心急如焚之际，狼出来了。他花了不少力气才挤出洞，但是他出来以后，只是若无其事地摇晃一下，立刻飞奔到他们身边。像平常一样，边跑边露出舌头，仿佛逃脱一个充满厉鬼的洞窟是他的家常便饭。

当他跑到托瑞克身边，就只用后腿支撑，把前掌搭在他的肩膀上，用他的狼式亲吻覆盖他狼兄弟的脸。托瑞克把食魂者和厉鬼都抛到脑后，亲密地舔着狼。然后他们一起跑到雪橇那边，当他们匆忙取出行李的时候，狼就在旁边一直跳着圈圈。

他们一路往山下奔跑，狼不时停下来等他们。在冰封海湾那边，他还帮他们找到埋在新降雪堆里的皮船。可是当皮船下水，他们匆忙放好行李，芮恩和托瑞克都上船坐好之后，狼却拒绝跳上船。

"你可以叫他上船吗？"芮恩说。

托瑞克的心一沉，靠到狼的身边，想要把他抱进来。"不行。"他说，叹了一大口气，"他讨厌皮船。他还是走陆路好了，他们捉不到他的。"

"你确定吗？"芮恩说。

"不确定！"他有点生气地说，"但他执意要这么做！他当然也不确定。即使在森林里，一只孤狼的生命也是很短的，而且现在是在这里，在冰面上。"

他们甚至没有时间说再见。狼站在岸上看着他，他们的眼神短暂交会，托瑞克还来不及开口说话，狼就转身飞奔而去，只见一个银色的身影在雪地上掠过。

他们开始用木桨划过水面，把船驶向南方，太阳刚从山顶升起。幸运的是，他们是顺风而行，速度相当快。当他们划出了岸边的射程之外，托瑞克转身一看。

"你看！"芮恩说。

山边还是暗的，但荒凉地依偎着一片灰雪，托瑞克看到一个更暗的黑影从斜坡滚滚而下。

"厉鬼。"他说。

芮恩和他四目交接，在幽光中，她的双眸比大海更黑。

"我们失败了。"她说，"厉鬼已经流窜到世界里。"

第三十一节

在遥远森林的最北端，太阳在高山上升起。乌鸦族的营区附近，白桦树在睡梦中不安地骚动。

"厉鬼。"莎恩说。她蹲在柳条坐垫上读着火光传达的讯息。"我看到厉鬼从极北来了。一个黑潮，淹没它沿路所经过的一切。"

只有芬·肯丁听到她的话。狩猎情况很好，所有的族人都睡了，他们饱餐了一顿红鹿肉佳肴和美味的花楸果泥。乌鸦族的领袖和他的巫师却彻夜未眠，坐在帐篷入口处，星辰逐渐消失，天色转成灰色，在漫天飞雪的寂静幽光中，他们周遭的森林沉睡着。

"没有其他的可能吗？"芬·肯丁说，"这一切都是食魂者做的？"

乌鸦族的巫师盯着火堆，脑门的青筋就像蛇一般跳动着。"火灵从不说谎。"柴火发出劈啪声。云杉树顶的积雪啪嗒一声掉落地面，芬·肯丁抬头看着，然后变得非常沉静。

"我们已经到达太北边了。"莎恩说，"如果继续待在这里，我们和厉鬼之间就再也没有任何屏障了！"

"芮恩和托瑞克呢？"芬·肯丁说，眼睛始终盯着云杉树。

"那你的族人呢？"莎恩一句话顶回去。"芬·肯丁，我们必须回南方！我们必须前往宽水，在守护岩那边寻求庇护！我可以在那里编织咒语保护大家，在营区周围设下防线。"

芬·肯丁没有回话。于是她接着说："你的念头必须告一段落了。"

乌鸦族的领袖把视线转回到巫师身上："我的念头是什么？"他讲话的语气足以让其他族人吓得脸色发白。

莎恩则不为所动："你不能带领我们到极北。"

"嗯，我不会带领你，巫师。我会确保你们留在这里，在森林里。"

"我不是在考虑我自己，而是所有的族人，你应该很清楚！"

"我是很清楚。"

"但是……"

"够了!"他伸出手掌作势一刀,结束了他们的对话。"哪天轮到我教你巫术的时候,你再来教我怎么带领族人吧!"

说完,他再度抬起头,这次他并不是对莎恩说话,而是对着一只从云杉树上俯看他的生灵:一只鹰鸮,有长着羽毛的耳朵和凶猛的橘色目光,正坐在那边看着、听着。

"我不会带领族人走出森林的。"芬·肯丁目不转睛地说,"我对我的灵魂发誓。"

鹰鸮张开巨大的双翅,往北方飞去。

第三十二节

托瑞克和芮恩的皮船走得很快，有好一会儿，他们因为逃离洞穴而感到士气大振。这一切真是太好了，能够置身于明亮的冰面，看到大海与天空，并且听见狼偶尔从东方传来让他们放心的嚎叫声——**我在这里！我在这里！**而托瑞克也会以狼嚎回应他。

"现在他们再也捉不到我们了！"芮恩欢呼着。

她告诉托瑞克，她已经划破了食魂者的皮船，他听了哈哈大笑。狼自由了，他们正在返回森林的路上，食魂者和厉鬼都在很远的地方。忽然间，白昼变了，浓厚的云层遮蔽住阳光，雾占据了大海。托瑞克感到非常疲倦，头好痛，手中的木桨变得好沉重。

"我们必须休息。"芮恩说，"再不休息的话，我们可能会翻船，或是撞山。"

他点头，累得无法言语。他们使尽全身的力气才把皮船拉上岸，一路拖过海冰到一个冰丘边，将皮船竖立起来，在上面推一些冰，搭成一个简陋的帐篷。

搭帐篷的时候，托瑞克忽然想到蛇族巫师那时沉默下来，当时她问托瑞克："你是什么？"当他的灵魂要回到自己的身体时，她感应到他的灵魂在隧道里行走。或许她已经猜到，他是一位心灵行者。

远处传来一声鹰鸮深沉的叫声——"呜呼，呜呼。"

芮恩沾满白雪的手套忽然停住，脸色苍白地说："它们追过来了。"

"我知道。"托瑞克说。

"呜呼，呜呼。"

他搜寻着天空上的踪迹，视线所及的地方只有雾。芮恩已经进到帐篷里，他独自站在冰地上，耳边听到的所有声响都异常巨大：风的呜咽，远处的冰裂声……他头晕目眩，眼睛刺痛，连眼前的帐篷和冰丘都变得好模糊。从眼角的余光，他看到有东西在动。他旋然转身，一个又小又黑的东西，穿梭在小冰脊之间，他觉得口干舌燥。一只厉鬼？

他很希望狼现在就在他身边，但他从午后开始就没有听到狼嚎了。他抽出父亲的刀，跑过去查看，冰丘后面空无一物，但他真的看到了。他把刀放回鞘中，爬进帐篷里。芮恩已经钻进睡袋里，他没有告诉她自己刚才看到的东西。

他们实在太累了，无暇给灯上油或是勉强吃几口冰冻的海豹肉。芮恩一下子就睡着了，托瑞克却睁大眼睛，想着那个在冰脊间穿梭的黑影。厉鬼就在外面，他可以感觉到它们在侵蚀他的灵魂，在浇息他的勇气与希望。这都是你的错，他在心中自责，你失败了，现在群鬼四处流窜，一切徒劳无功。

他醒来的时候全身僵硬酸痛，眼睛感觉就像是被揉进了沙子，他一点都不想起床。厉鬼已经被放出来了，再怎么战斗也无济于事。芮恩在帐外的雪地上走动。她为什么要这么吵？她应该知道自己的靴子嘎吱嘎吱作响，会让他的头越来越痛。

为了拖延出帐篷的时间，他索性检查自己的行李，看看还有些什么。因为匆忙逃走的关系，斧头和弓都没有带，但水壶还挂在脖子上，火种袋和药袋都系在腰带上，爸爸的刀子也安放在鞘上。刀柄摸起来异常温热，这是一个预兆吗？或许他应该问一下芮恩，但那只会平白给她机会吹嘘自己的知识渊博。这样一想，他顿时被一股非常不合理的愤怒所淹没。

拖得够久了，他爬出帐外。经过一个晚上，"世界灵"的气息已经吞没了世界，冰、海……无一幸免。风停了，冷空气感觉没那么刺骨，但破冰的轰隆声已经接近。老天还真是会帮忙，托瑞克心想，融雪的时候到了。

"你看起来很糟。"芮恩忽然说，"你的眼睛 ——你实在应该戴护眼罩的。"

"我知道。"托瑞克生气地说。

"那你为什么不戴？"

她的语气真令人厌烦，老是对他颐指气使。而她，当然整天都戴着护眼罩，因为她，从来不会有所疏忽。他们生着一肚子闷气，动手拆除帐篷，把皮船抬到冰面的边缘，然后回头取行李。

"幸好我先刺破了他们的皮船。"芮恩又开始自吹自擂，"否则我们现在早就被捉到了。"

"他们难道不会修船？"托瑞克没好气地说，"你至多只能拖延他们一天的时间。"

她双手叉腰，生气地说："你的意思是说我做得不够好吗？请问我有时间吗？因为我还得赶回去救你！"

"你并没有救我！"托瑞克不屑地说。

她哼一声。托瑞克心想干脆让她哼个够，于是告诉她，食魂者为什么会追过来，因为他在山洞里做了心灵行走，而舍丝露感应到他行走中的灵魂。

她目瞪口呆地说："你做了心灵行走？你为什么没有告诉我？"

"那又如何？我现在不就告诉你了！"

她顿时沉默下来。"总之，你错了。"她说，"他们并不是因为这样才追过来的。"

"不是吗？你怎么知道？"

"是火焰蛋白石，我拿了它，所以他们才会追过来。"

"你为什么没有告诉我？"托瑞克气得大吼。

"我现在不就告诉你了吗？之前没时间说。"

"之前的时间多得是！"他吼着。

"不要对我吼！"芮恩也吼着。

他摇着头说："所以现在不只食魂者在追我们，连厉鬼也在追我们！"

"我已经掩盖它了。"她辩解地说，"我有草药，我把它放在坦内吉克送我的天鹅脚袋里。"

他双手一摊："哦，这真是太好了！没想到你居然这么蠢！"

"你说什么？是你自己先心灵行走的！"

她的声音在整个冰面上回荡，随即而来的沉静却更骇人，他们站在那边瞪视着彼此，气呼呼的胸口剧烈起伏。

托瑞克伸手抹着自己的脸，宛如大梦初醒。"我们这是在做什么？"他说。

芮恩摇着头，想让自己清醒过来。"是厉鬼。是它们害我们吵架。"她有点犹豫地说，"我想，它们可以感应到火焰蛋白石的气味，或是……感应到它。"

他点点头："一定是这样。"

"不，不，我是说，我知道它们可以。"她咬着自己的下嘴唇，"我在晚上听到一些声音。"

"什么声音？"

她浑身发抖地说："我一夜没睡在守夜，然后我听到狼，他在嚎叫，那种他在出猎前会发出的嚎叫。在它们走后。"

他向前走了几步，又走回她身边。"我们要把它处理掉。"

"怎么处理？我们必须把它埋到土里或岩石里，但这里只有冰！"

他们严肃地注视彼此，芮恩张嘴要说话……震耳欲聋的爆裂声划破天际，她靴子旁的冰面裂开了约有一只手宽的开口，就像一条Z字形的黑线。她盯着自己的靴子，海冰瞬间升起，她整个人往后跌倒。原来的细长黑线顿时化为一条有水的运河，像桨叶那么宽。

"潮裂。"托瑞克不可置信地说。时间顿时变得缓慢下来，他看到自己站在冰面上，他们的皮船和行李在冰面的这一边，芮恩却站在另一边，两人中间隔着潮裂所造成的水道，她正不断被往外推。

"跳！"他对她说。

浮冰倾斜，她晃动着身躯勉强站稳。

"快跳！"他大叫。

她吓得一脸茫然："我不能，太迟了。"

她说得对，裂缝已经超过两步宽了。"我去开船。"他说着往皮船的方向跑，跌倒了又站起来。他为什么没有看清楚路？为什么所有的事情都花这么久的时间？

当他几乎要跑到皮船那边了，却看到它翻覆、摇晃着，然后整个沉到冰面底下的大海里。他大叫一声，伸手要救船，但波浪随即送走皮船，他只能看着它离去。他懊恼地大吼一声，海洋母亲溅了他一脸的咸水，取笑着他。

"托瑞克……"芮恩的声音在浓雾中显得相当模糊。

他赶紧站起身来，惊恐地发现她已经被水波推到很远的地方。

"托瑞克！"

他跑到冰面边缘，却无能为力，只能眼睁睁看着大海把她带走，"世界灵"的气息紧紧包围着她。然后，一切归于沉寂。

第三十三节

冰面再次倾斜，把托瑞克整个人摇醒，他必须离开冰缘，否则下一个被海水冲走的就是他。浓雾让他几乎看不到路，还是他的视力减退了？即便是最微弱的光线，也让他感觉像被细长的针猛刺头骨。他在一片朦胧中搜寻他们仅存的行李，除了随身携带的物品之外，他还有一把雪刀、睡袋，但没有食物。他仿佛记得曾经看到芮恩把食物袋放上皮船，真希望记错了，但愿食物袋是被她带走了。

睡袋。他有两个睡袋？芮恩……至少她应该有带弓。他忽然停住动作，她带走了火焰蛋白石，厉鬼一定会去追她。想到自己之前对她大吼大叫，托瑞克顿时感到羞愧难当。在当时那种情况下，她带走火焰蛋白石已经是最勇敢的事情了，而且她还整晚没睡，一直在守夜。"而你却只会吼叫。"他在心中自责不已。

浓雾在他的眼前旋转，融成一片焦红。他眯起眼睛细看，把手伸在面前，依然是一片焦红，他看不到路。"雪盲。"他大声说，然后浓雾从他冰冷的指间一直漫延到喉头，他从未感到如此脆弱。到了这个地步，他只能做一件事情：他用双手圈住嘴唇，开始发出狼嚎。

狼没有来，也没有送来回答的嚎叫声，这表示他一定已经远离可以听到的范围，而以狼的听力来说，那表示真的真的距离很远。托瑞克再度嚎叫，再度嚎叫。

沉默无声，没有风，只有大海的拍浪声和一股似乎在等待什么的恐怖沉静。他的脑海浮现出那穿梭在冰脊间的黑影。"不要靠近我。"他低声对厉鬼说，他好像听到笑声。"走开！"他挥动双手大吼。

更多笑声。他跪倒在地上哭了出来，泪水刺痛他的眼睛，他生气地把眼泪抹去。如果芮恩在的话，一定会从药袋里拿出东西帮他，想到这里，他忽然又有了一丝勇气。他脱掉手套，摸索着自己的袋子，从气味辨识出接骨木，于是放在嘴里咀嚼，然后把咬过的草糊抹在眼睛上面，感觉非常刺痛，但他告诉自己这样才会好。

然后他又想到了一个主意：他摸出母亲遗留的药罐，摇出一些红

土放在手掌上。突然间，周遭的空气紧缩了起来，可能是因为厉鬼并不喜欢红土。他用口水把红土调成泥，在额头上点了一个手的形状，但他后来才想起来，应该先擦掉之前溅到的猫头鹰血。他不确定这是否会让它失效，他只知道，手形的标记可以保护自己，而他现在正是需要保护的时候。

他挣扎着站起身来，这一次他很确定听到嘶声和磨爪声，或许它们因为看到权力的标记而退缩。"不要靠近我……"他颤抖着声音说，"我还没有死，芮恩也没有。"

沉默。他不确定它们是在倾听还是在讪笑。他四肢着地，伸手摸索睡袋，把两个睡袋都绑在背上，然后把雪刀系在腰带上。他勉强自己动脑筋思考，融雪开始了，所以他必须往内陆走，然后出发去找芮恩。

一天以前，水流和风向都是把他们往南送，浮冰也是把芮恩往南送。"往南走。"他大声说。或许那块浮冰会卡到连接陆地的冰面，那么芮恩就可以爬回岸上。可是，哪边才是南？

他走了几步，但一直跌倒，冰面非常不平，有很多小冰脊……冰脊！风会把雪吹到山脊上，而且主要是从北方吹来！

"谢谢你！"他大吼。他很感谢印努堤路克建议他对风灵作出奉献，想必风灵一定很喜欢他所奉献的野猪牙，否则现在也不会帮他。

他脱掉手套，用心感觉山脊的形状，然后他站起身来，挺直腰杆。"我还没死，"他告诉厉鬼，"还没死！"他吼道。

他开始往南走。

行进的速度相当缓慢，令人心急如焚。他有时候会听到晃动的嘎吱声，脚底下的海冰翘起来。他用冰刀摸索前进，但若是撞到比较薄的冰，就可能会掉落。印努堤路克是怎么说的？**灰冰是新的，很危险……要走白冰**。只可惜他现在根本看不到，下一步随时可能踩到薄冰，或是碰到潮裂。

他努力向前走，寒冷消耗着他的体力，他开始觉得很虚弱、很饥饿。而他既没有鱼叉，也没有弓箭，连视力都没有了，又要怎么找到食物呢？过了一会儿，他听到拍翅膀的声音靠近，他眼中的天空仍是一片模糊的粉红色，他无法分辨飞向他的阴影是什么。

猫头鹰飞翔是没有声音的，所以不可能是猫头鹰。这些振翅声有一种稳定而强壮的沙沙声，他认得。

"飕，飕，飕。"乌鸦飞低观察他，然后发出一声短促的"呱！"就飞走了。

他的肚皮一紧，那只乌鸦的叫声像是咬了食物在嘴里。或许它找到了一具死去的猎物，拿了自己的一份准备藏到鸟窝里，或许它还会回来拿更多。果然，没多久他就听到它又飞回来了，他竖起耳朵听，跑向它。

正当他准备放弃时，他听到白狐的吠声，还有乌鸦在食用死去猎物时发出的叫声。肉！从喧闹的声音听来，应该是有很多生灵在分食，想必是不小的猎物，或许是一只海豹。

他的脚碰到一个硬物，整个人跌倒。乌鸦群起振翅乱飞，白狐发出一阵短促的吠叫，听起来很像在笑。托瑞克摸索那个将自己绊倒的东西，并不是风吹出来的冰脊，而是一块小圆柱，大约有他的头两倍大。他有点困惑，再过去一点又找到一块，然后又发现更多，呈现两条平行的曲线。

他的心跳加速，这不是圆冰块，是脚印，一只冰熊的脚印。印努堤路克曾经说过，熊的重量会把雪压得很密，然后经过风吹，周围较松的雪会飘走，留下突起的完整脚掌印。托瑞克的脑海浮现以下场景：海豹在呼吸洞旁边做日光浴，完全没注意到冰熊已经在下风处注意它。冰熊悄然无声地接近，在每个冰脊和圆柱后面徘徊，它很有耐心，它很擅长等待之道。终于，海豹困了，冰熊展开无声的攻击，海豹还来不及想发生什么事就死了。

乌鸦重新聚集在它们的大餐上，显然认为托瑞克并不构成任何威胁。若是冰熊仍在附近，它们就不可能在这边享用，是吗？他非常非常需要相信这点。从声音听起来，有相当多的乌鸦，还有那只白狐，这表示冰熊留下了很多海豹肉。印努堤路克说，这表示冰熊最近的狩猎情况很好，冰熊只吃了油脂部分，其余的部分都没动。但若是它又饿了呢？**万一它已经盯上他了呢？**

突然间，乌鸦群起飞走，有东西惊吓到它们。托瑞克的呼吸在胸口猛跳，他把手伸到外套里，抽出了父亲的刀。他脑中想象大熊准备猎杀他，它那毛茸茸的巨掌无声无息地从冰上走来。他站起身来，周遭的沉静让他惊慌，他强自镇定，等待"白色的死亡"降临。

狼从背后把他撞倒在雪地里，用他温暖的舔舐包围他。

M

狼很喜欢偷袭他的狼兄弟，不管他偷袭多少次，"无尾高个子"永远不知道他来了。狼永远玩不腻，那种跳跃的感觉，头下脚上扑倒。现在，他玩耍地咬着、摇着尾巴。尽管尾巴变短了，但他很快就习惯了。他爬到狼兄弟的身上，他真的好高兴，想要大声嚎叫！那些坏无尾和厉鬼的事已经抛到九霄云外，被囚禁和打击了那么久，他终于可以自由伸展四肢，尽情自在地跳跃！感觉他脚掌底下的冰、皮毛上清净干爽的风和他的狼兄弟玩耍！

以往每当狼偷袭他的时候，"无尾高个子"总是又生气又高兴，但这一次，狼感觉到他也在痛苦。狼群姐妹呢？她明明和"无尾高个子"一起坐着那漂浮的生皮出发的，难道她不小心迷失在那大海里了？

而且"无尾高个子"变得异常笨拙。在狼第一次快乐地欢迎他之后，他笨拙地撞上狼的口鼻，想要舔他的耳朵，却没舔到，真是奇怪。他的前掌一挥，竟然重重打到狼的鼻子，狼吓了一大跳，他应该没有做错任何事啊！

他压低自己的两只前脚，要求"无尾高个子"和他一起玩。"无
尾高个子"不理他。狼发出一声乞求的哀鸣，对他的狼兄弟投以疑问
的眼神。

"无尾高个子"盯着——他确实盯着——却完全无视于狼的存
在。

狼开始担心。"无尾高个子"会这样盯着，就表示他真的很不高
兴，或许狼确实不小心做错了什么事而不自知。他想到一个主意，先
跳到海豹的猎杀现场，把乌鸦全都吓走，咬了一片皮跑回来，然后丢
到"无尾高个子"的脚边，满心期待地望着他。**在那边！我们来玩
"我扔你接"的游戏吧！**

"无尾高个子"毫无动静，他甚至好像不知道生皮在那边。狼走
近一点，"无尾高个子"伸出前掌，笨拙地抚摸他的口鼻。狼端详着
那张挚爱的无毛脸蛋，一双美丽的狼眼紧闭着，而且湿湿的。狼很小
心地嗅着，闻起来很不对劲，他轻轻试舔了一下。

"无尾高个子"哽咽一声，把脸埋在狼的颈背里。突然间，狼明
白了，哦，他可怜、可怜的狼兄弟，他看不见了。为了安慰他，狼用
肩膀靠着他，温暖的狼味包覆他的外皮，然后他把头伸过去，靠在
"无尾高个子"毛茸茸的前掌底下。

"无尾高个子"摇摇晃晃站起身来，狼静心等待他站好，然后用
有如新生幼狼的缓慢脚步往前走。他一定会照顾"无尾高个子"，他
会领着他去海豹猎杀处，耐心等待他吃饱，因为他依然是带头狼，所
以当然要先吃。等狼也吃饱以后，他就会带"无尾高个子"去寻找狼
群姐妹。

第三十四节

春天的到来，总是为森林带来喜悦，却为极北之地带来恐惧，芮恩现在终于知道为什么。雾里冒出一座冰山往她这边漂过来，倾斜，跌入大海，激起一个很大的波浪，猛烈冲击她救命的浮冰。她整个人趴着，等待波浪平息。

前方有两个很大的冰片互相撞击，只见那片大冰压过小冰，让它整个没入海面。那也可能是我，芮恩心想。她完全不知道大海要将她带往何方，她无法看到陆地，眼前只有浓雾和致命黑水上隐约的冰影。融冰的杂声包围着她。

承载她的那块浮冰大约有二十步宽，她蹲在正中间，眼睁睁看着海洋母亲逐渐啃蚀冰缘。风在呜咽，尽管戴着白狐族特制的护眼罩，眼睛还是因为干涩而流泪。她听到远方有冰河轰隆流动的声响，而且越来越靠近。

眼看夜已降临，她开始怀疑自己没有睡袋是否可以撑下去。她想到坦内吉克说过她祖母在暴风雨中幸存的秘诀："她把手套拿下来，坐在上面，以免寒冷从底部上升。然后把手臂放在外套里，身体往前倾，下巴靠着膝盖，这样就算睡着了，也不会倒卧。"

于是芮恩照着坦内吉克祖母的方式做。果然觉得比较温暖，但她根本不必担心睡着，她必须随时提高警觉，倘若雾散了，就可以立刻看到陆地。她必须醒着，提防食魂者划着皮船过来，更要提防厉鬼。她饱受饥饿与干渴的折磨，但她决定先不去碰那些补给品——一小片冰冻的海豹肉和她脖子上系着的一个水袋。她试着不去想，就在潮裂发生之前，她才把食物袋放到皮船上，就像她试着不去想厉鬼。

就在这块浮冰上，她可以感觉到，但她只瞥到一丝掠过的阴影，听到一下磨爪声。倘若不是她抹去额头上的山兔族刺青，画上一个手印符号，并记得在第三根手指处伸出权力的线条，厉鬼恐怕早就靠过来了。她也想到，或许该加上"死亡面具"，但时候未到。

在天鹅脚袋中，火焰蛋白石的冷光紧贴着她的胸骨跳动。如果把它丢到大海里，那将是懦夫的行径，它只会沉落海底。头顶上忽然响

起飞鹅的鸣叫，她赶紧把手伸回袖子里，把弓从海豹皮袋里拉出来。太迟了，早就飞远了。

"笨！"她痛斥自己，"你应该做好准备的！你应该随时随地都准备好的！"，

她坐着等待更多猎物经过，睁大眼睛观察，到最后只觉得眼睛很痛。她开始体力不支，频频打盹。厉鬼如此靠近，她甚至可以闻到它的气味，它正闪着舌头品味她的气息，它的瞪视把她拉入沸腾的黑焰里……

她大叫一声，惊醒过来。"不要靠近我！"她吼道。

群鸥从邻近的一座冰山飞起，她摸索弓箭。但已经飞走了，她的后面传来几声厉鬼的笑声。

"海鸥还会有很多。"她叫道。应该还会有吧。

没有看到。她的手摸到药袋，在越来越少的药草里还有一块小圆石，那是托瑞克去年夏天留给她的，他当时在圆石上画了自己的氏族刺青，她心想，或许他根本不知道她还留着。还有那支可以呼叫狼的鸡骨哨子，她很想吹哨子呼救，但就算他听到了，也不能游到这里，这样只会害他身陷危险。

她想到上一个秋季，托瑞克想教她嚎叫，免得万一她把哨子弄丢。她一直没办法把脸仰直，托瑞克就很生气地走开了，当她想用狼嚎把他叫回来时，却发出很奇怪的声音，让他笑到流眼泪。

现在，她试着发出一声颤抖的狼嚎声。音量不够大，应该无法召唤狼，但会让她觉得好过一点。如果有更多的海鸥飞来，她应该随时准备好。她检查自己最好的火石箭上的羽毛，从缝衣袋里拿出全部的腱线，全部接在一起，然后绑在箭柄上。接下来她用海豹肉摩擦弓和弦，帮它们上油，强忍住想偷咬一口的欲望。就在她做这些事情的时候，仿佛可以看到芬·肯丁粗糙的手正覆盖在她的小手上。这把弓就是叔叔为她制作的，不仅有紫杉木的耐力，也保有他的力量，这把弓一定不会让她失望的。

她把箭搭在弦上，戴好护眼罩，静心等待。后方的厉鬼在冰上磨

爪，企图转移她的注意力。她噘起嘴唇，随便它！芬·肯丁教过她，狩猎一定要专心。在她狩猎的时候，没有任何东西可以让她分心，就像托瑞克在追踪时，绝对不会分心一样。

她听到远处传来海雀奇怪的嘶鸣声，它们正往这边飞过来。她心中不禁产生怀疑：**飞鸟太远了，线不够长。你的手冻僵了，无法射得很准……** 她不理会那只厉鬼的骚动，一心注意猎物的动向。它们正在飞低，海雀都会这样，用粗短的黑翅在空中拍打。芮恩选定一只，把视线全神专注在它身上，蓄势待发。

箭往前一直飞去，正中海雀，它掉落海中。芮恩欢呼一声，开始把长线拉回来，她的箭只射到尾巴，鸟还在挣扎。她喃喃道谢，把手放到翅膀底下，用手指按住小心脏，使它静止。然后她切下翅膀，把其中一边的翅膀献给海洋母亲，另一边献给风，感谢它们慈悲，还没有取走她的生命。她把海雀的头丢到浮冰尽头，献给氏族的守护灵，并用一点油脂来感谢她的弓。

最后她划开鸟的肚子，取出温热的紫色心脏塞到嘴里，尝起来很滑、很美味，她汲取了海雀的力量。她把鸟毛拔掉，留下羽毛做箭饰，然后把剩下的部分绑到腰带上。厉鬼已经逃之夭夭。她吐了一口食物残渣，咧嘴一笑，显然它比较喜欢看她又饿又惨的样子，而不是吃饱了，有力气反驳的样子。

一只乌鸦飞过来，飞得很低，攫取浮冰前端的海雀头，然后飞走了。芮恩感觉到一丝骄傲，乌鸦是少数可以在极北酷寒之地生存的强壮鸟类，她以身为乌鸦族的子孙为荣。她拉下帽子，拿雪擦洗头发，抹去坦内吉克的黑色染料，她又变回自己了——乌鸦族的芮恩。

⋀⋀

她很努力想看到海岸，差一点就错过了。前一刻浮冰还在慢慢地转弯，下一刻就嘎吱一声险些将她倒入海中，然后停住。她站起身来，知道自己一直看错方向了。她的浮冰撞上了杂乱的冰团，雾散

了，冰河赫然跃入眼帘。

浮冰卡在冰河的北端。放眼望去是一条耀眼而宽广的连接陆地的冰河，在巨大的蓝色冰崖底下，绵延着锯齿状的阴暗冰丘。只要她可以跨过那堆冰团，只要可以走到连接陆地的冰面上……然后呢？只要冰河稍微抖一下，冰崖就可能掉落，把她像小虫子一样压扁。

等一下再操心这个吧，先上岸再说。她背上弓箭，从浮冰爬到冰团上，冰团危险地晃动，她必须不断跳到下一块，切记要踩到白冰上，不能停，就像印努堤路克教她的。冰团之间有很多裂沟，只要一失足，就会掉落海中。等她终于走到似乎是连接陆地的冰面上时，已经满身大汗，她弯下腰来，应该可以放心了，却感到头晕目眩。她的双腿几乎无法站直，随着海洋的起伏而晃动。

南方的冰河深处传来撞击声，很诡异、刺耳的呻吟。她挺直身体，风呼啸过冰面，冰冷的空气让她的眼睫毛都沾黏在一起，她伸手抚摸自己的氏族动物羽毛。这个地方感觉很怪，死寂的寒冷，冰崖下有如尖牙的冰丘完全处于阴影底下，看起来几乎是全黑的。

她突然大吃一惊，发现那些黑色并不是阴影造成的，不可能，因为冰崖是面向西边，直接面对低垂太阳的照射。那些冰丘原本就是黑色的，而且在冰丘的中心开了一个裂口，一个黑冰的峡谷。

她有一种被深深牵引的奇异感受。蹒跚走过连接陆地的冰，她慢慢走向那些黑色的冰丘，当她走近时，连脚下的冰也开始变黑，她每走一步，清脆的黑冰就发出冰裂声。她碰到一块碎片，戴着手套撞上去，融化了，只留下黑色的微粒。她盯着自己的手掌，那些黑色的微粒并不是冰，而是岩石……那是出自一座被冰雪封埋住的山，不断被冰河的神力所冲撞碾碎。

她把手垂下来，水滴悲伤地离开她的手套。现在她终于明白，海洋母亲为什么要带她来到这个属于冰河的黑暗内部了。她已然走上一条不可思议的道路，她找到埋葬火焰蛋白石的方法了，而唯一可以为它陪葬的生命只有她自己。

第
三
十
五
节

隔着手套，托瑞克感觉狼开始变得不安。他真的好希望狼嗅到的踪迹是芮恩留下的，但他无法确定，狼语很多时候并不是只靠声音，而是仰赖姿势：眼神、倾斜的头，耳朵的抖动……而他现在处于雪盲的状态，变得很难了解狼要说的话。虽然托瑞克的视力已经逐渐恢复，但他所看到的狼仍然只是一团暗灰色的身影。

风灵也很不安，在他耳边呜咽，拖着他的外套。很高很尖的声音传过来，几乎听不到。厉鬼？食魂者的奸细？或是芮恩在呼救？狼骤然停步，托瑞克差点就撞到他，他感觉到狼的肩膀很紧张，他歪着头在嗅冰。他的心往下一沉，又一个潮裂，他们已经遇到三个了，前路似乎只会更加艰辛。

狼二话不说地挣脱托瑞克的手，然后往前一跳。托瑞克听到他的脚掌轻盈踩在雪地上的低语，然后是一声鼓励的吠叫：快过来！托瑞克卸下肩头的睡袋，和他从海豹尸身上切下来的肋骨，把东西扔向那个看似狼的身影。传来砰的一声，而不是落水声，这让他稍感放心。

最困难的是，他无法分辨裂沟的大小，可能是一只手宽，也可能是两步宽。若是跪下来用手摸索边缘也很危险，因为很可能会压碎冰缘。他必须直接跳过去，并且信任狼，狼当然可以不费力地跳过三步远，但是狼会记得他能跳过的距离有限。

狼又叫了一声，并发出不耐烦的呻吟：快过来！托瑞克深呼吸一口气，大步跳出去。他跳到坚实的冰上，身体剧烈摇晃着，但狼就在那里稳住他。他重新拿起行李，把手放在狼的颈背上，然后再度出发。

到了午后时分，狼开始不耐烦地推挤，他必须休息一下。狼焦虑地绕着圈子，他靠在冰地上，从海豹肋骨上切肉，他的视力逐渐在恢复，现在已经可以看到肉。至少他可以分辨出肉是深红色的模糊一片，而冰是粉红色的。他摸出自己的猫头鹰护眼罩，然后把它戴上，出乎意外的是，狼发出低声的咆哮。

或许他不喜欢护眼罩。"怎么了？"托瑞克喃喃说，因为疲倦而没有讲狼语。

狼又咆哮一声，不是敌意，而是不安。或许并不是护眼罩，或许他不喜欢托瑞克带的肉，这样可能招来两天路程之内的任何冰熊。但他别无选择，他不像狼，可以一下子吞掉半只海豹，然后数日不需进食。

狼不耐烦地用鼻子推他。快点走！托瑞克叹了一口气，站起身来。

白昼将尽，他感觉到空气随着太阳西沉而变得更冷。他再也走不动了，他找了一个雪丘，挖出简单的洞，用其中一个睡袋做间隔，钻进另一个睡袋里。狼也钻了进去，紧紧依偎着他，沉重而美丽的温暖。连日来第一次，托瑞克感到安全，只要有狼在身边，厉鬼、食魂者或冰熊都不可能接近。狼的胡须碰到他的脸，让他觉得像飞蛾掠过般搔痒，他就这样睡着了。

他在黑暗中醒来，狼不见了。他知道自己没睡多久，当他钻出睡袋时，看到辽阔的夜空点缀着闪烁的繁星。**他看到了！雪盲好了！**他站着仰望天空，尽情欣赏星辰之美。就在他凝望的时候，一道绿光划过天际，然后有如万箭齐发的绿色光束向上发射，在黑夜中闪耀，然后逐渐晕开，沉静地再度出现。

托瑞克露出微笑。终于出现了——"第一棵树"，它成长于太初的黑暗，赐给万物生命：河流、猎者、猎物……它往往会在深冬归来，点亮万物的心灵，并灌溉勇气。托瑞克想到爸爸，不知道他是否已经完成了死亡之旅，安全抵达太初之树的繁枝茂叶。或许就在此时此刻，爸爸正从天际俯视着他。

远处传来一只鹰的鸣叫，托瑞克不禁起了鸡皮疙瘩。然后，在很近的地方，他听到碎冰滑动的声音，他蹲下来，抽出刀。

"放下！"泰亚兹说。

4

"火焰蛋白石呢？"

"我没拿。"

泰亚兹往他的头部猛烈一击，他整个人飞起来，胸口撞到一块冰脊，痛得他骨头好似快散掉般。

"快交出来！"橡树族的巫师单手把他捉起来。

"我……没有拿！"

泰亚兹正准备挥出第二拳，但妮芙已经跛行向前，把他的手拉住。"我们需要活口，否则怎么找到它？"

"我就打到他说出来为止！"橡树族的巫师怒吼着。

"泰亚兹……"舍丝露叫道，"你根本不知道自己的力气有多大，你会把他打死！"

橡树族的巫师露出狰狞的嘶吼，但仍放下了拳头，同时放开另一只手。托瑞克整个人从半空中掉落，他瘫倒在地上喘息，努力思考目前的情势。狼莫名其妙地失踪了，一定是在夜间被他们偷袭。他看到离这里几步远的地方有两艘皮船在冰面上，外壳有海豹皮贴补的痕迹。他没有看到欧丝特拉，但在十步远的地方，有一只鹰鸮栖息在冰尖上，用凶猛的橘眼瞪视他。

当他盯着三个食魂者的模糊身影，感应到他们之间并不协调，紧张的线索在他们之间交错编织，宛如一张蜘蛛网。那是当然的，他心想，他们并没有完成牺牲的仪式，所以他们并没有办法完全免于厉鬼的侵害，他或许可以善用这点。

"搜他的身！"蛇族的巫师说，"一定是藏在某个地方。"

泰亚兹和妮芙一把拉住他的外套，把它脱掉，然后剥光他的背心和其他衣服，直到他一丝不挂站在冰面上哆嗦。橡树族的巫师故意搜得很慢，以便享受虐待的乐趣，他把手套和靴子都丢到一边，把雪刀折成两半，把托瑞克药罐里的东西都倒出来，害他珍贵的红土被强风

吹散。

"不在这里！"妮芙惊讶地说。

"他藏起来了。"舍丝露说。她靠过来端详托瑞克的脸，她的尖舌露出来舔舐自己的嘴唇。"那是狼族的刺青。'狼活着。'你究竟是谁？"

"它……我说过了……"他结结巴巴地说，"我没有火焰蛋白石！"

妮芙弯腰拾起爸爸的刀。"快把衣服穿起来。"她头也不回地对托瑞克说。

他因为冷风而手脚僵直，勉强拉上衣服，然后爬过去整理他剩下的行李。他的打火石袋已经空了，他母亲的药罐已经没有塞子，但他在药袋边找到仅存的食魂者黑根，于是偷偷塞到手套里，紧紧握在手心。他不知道为什么，只是有预感自己可能会用得上。

刚好来得及。下一瞬间，泰亚兹已经捉住他的手腕，用一条长绳把他的双手绑到后面。绑得非常紧，让托瑞克痛得叫出来。橡树族的巫师放声大笑，妮芙打了个寒战，但并没有出手阻止。托瑞克注意到泰亚兹的左手包裹着厚重的染血树皮，而且少了两根手指。好极了，他的心里带着复仇的快感，好歹狼也给了他一点颜色瞧瞧。

"这是哪来的？"妮芙的音调变得很不一样。只见她站在那边，一动也不动，紧盯着自己手中的那把刀。

托瑞克抬起下巴。"那是我父亲的刀。"他骄傲地说。三个食魂者顿时沉默下来，连那只鹰鸮也转过头来看。

"你的……父亲……"妮芙目瞪口呆，"他是……狼族的巫师？"

"没错。"托瑞克说，"那个曾经救你一命的人。"

"那个背叛我们的人！"泰亚兹呸一声。

托瑞克用充满恨意的眼神瞪他："那个发现你们真面目的人！那个被你们谋杀的人！"

"他的儿子……"妮芙皱起眉头喃喃问道，"你叫……什么名字？"

"托瑞克。"

"托瑞克。"蝙蝠族的巫师重复说着，搜寻着他的眼神。托瑞克看得出来，她不再把自己视为一个单纯的男孩——祭礼中的第九个猎者——而是托瑞克，狼族巫师之子。

"狼活着。"蛇族的巫师重述这句话，噘着嘴，露出她特有的歪斜微笑。"原来是这个意思，真令人大失所望。"

橡树族的巫师终于失去耐性，他一把推开舍丝露，捉住托瑞克的头发，把他的头往后扯，用刀子抵住他的咽喉。"快说，你把火焰蛋白石藏到哪里去了？否则我就割开你的喉咙！"

托瑞克盯着他绿色的眼睛，看得出他是说真的，他得赶紧想个托辞："那个女孩拿走了。"他喘着气说，"那个心灵行者。"

4

"什么女孩？"泰亚兹嗤之以鼻。

"有一个心灵行者？"妮芙粗声说道。

托瑞克看了舍丝露一眼。"她知道。"他说，"她明明知道，却没有告诉你们！"

泰亚兹和妮芙一起瞪着蛇族的巫师。

"你知道？"泰亚兹语带指责地说，重重地把托瑞克甩到地上。

"他乱编的。"舍丝露说，"你们看不出来吗？他是在挑拨离间。"

"我说的是真话！"托瑞克叫道，然后他转向妮芙和泰亚兹，"你们知道有一个女孩跟我在一起，你们一定看到了脚印吧！"

他们确实看到了，全写在他们的脸上。妮芙转向舍丝露："在洞穴里你曾说感应到灵魂，却没告诉我们那是什么。"

"她知道。"托瑞克说，"她感应到心灵行者，她感应到灵魂自

由行走，在两个身体之间。"他正在构思脱困的计划，一个危险而致命的计划，弄不好会让他和芮恩都身陷险境。但已经别无他法，他大声地说："那个女孩就是心灵行者，火焰蛋白石在她手上！"

"带我们去找她。"妮芙说。

"这是陷阱！"舍丝露说，"他在欺骗我们！"

"他又能对我们怎么样？"泰亚兹咆哮着。

"只要你不杀我。"托瑞克说，"我就会带你们去找火焰蛋白石，用我的三个灵魂发誓。"

舍丝露慢慢地靠过身来，把她的脸靠到他的面前，她呼吸的热气吹到他的皮肤上，他感觉自己快溺毙在她绝美的眼神里。她慢慢拿掉手套，伸出她的手，他吓得整个人往后缩。完美的嘴唇露出微笑，她伸出冰冷的手指，轻轻抹去他额头的手印。

"你已经不需要这个了。"她喃喃说道。长长的食指爱抚过他的脸颊，但他清楚地感觉到指甲的锐利边缘。

"你父亲想要骗我们。"她用气音说，"所以被我们杀了。"她靠过来，在他耳边低语，"你若是敢骗我，我保证你永远休想摆脱我。"

托瑞克倒抽一口气："我会带你去找火焰蛋白石，我发誓。"

妮芙把爸爸的刀系到自己的腰带上，然后用一种令人难以理解的奇异神情望着托瑞克："怎么找？"

"那只狼……"托瑞克说，他扭过头去看冰地上一排往南而去的脚印，"我们必须跟着那只狼的足迹走。"

第三十六节

狼感觉全身骨头都要散开了。他必须找到狼群姐妹，他必须设法从那些坏无尾手中救出"无尾高个子"，还有，他必须把那些厉鬼赶回地底下。但他无法独力做到这一切，他需要援手，如今之计只有一条路，那将是凶险万分的道路——一只孤狼所能遇到的最大危险，但他必须尝试。

他不眠不休地在闪烁着星光的夜空下奔跑。天上的月亮已经躲起来了，但星星仍照射光亮到大地上。狼在奔跑的时候想到"无尾高个子"，开始觉得很担心，他的狼兄弟会谅解他的不告而别吗？他会不会安心等他回来？还是会跌跌撞撞跑出去，掉到大海里？

这些思绪实在太恐怖了，所以狼试着把注意力放在风带来的声音与气味上。一只白色松鸡逃逸的抓痕仍留在他挖的地洞边。冰河在前面咆哮，传来狼群姐妹尖锐而熟悉的气味。狼跟着她的气味往前奔，他不知道为什么，他只知道自己必须先找到她，然后才能去帮狼兄弟对抗厉鬼。他在自己的皮毛上感觉到，那偶尔会出现的确定感。

他奔上一条很长的发亮斜坡，停在顶端，就在下面，它在底下的黑暗里睡觉。一个新的气味袭来，让他的皮毛紧缩，爪子震动，是厉鬼，想猎杀厉鬼的渴望让他的四肢蠢蠢欲动。但时候未到，不能孤身战斗，他转身朝山坡底下跑去，沿着他来时的路，必须先出去寻求帮助。

夜幕降临，狼毫不停歇地飞奔在雪地上，他跑到一块破碎的大地上，发育不良的柳叶在风中飕飕作响。他慢下飞奔的脚步，带头狼的气味记号很新、很强，也很丰富。这告诉他，陌生的狼群刚有了一次成功的猎杀，狼群仍在附近。

他刻意靠近沿路的气味记号，这等于是在告诉陌生狼群，他是故意进入它们的领地，他之所以在这里是出于自愿。他希望它们会因此感到好奇，甚至愤怒，但他并不确定，他不知道这群狼的行为模式，更重要的是，不知道它们的带头狼是哪一种狼。狼群通常会凶猛地捍卫自己的领地，很少允许孤狼闯入，也很少有狼群会允许陌生狼加

人，像狼和圣山的狼群同奔，或"无尾高个子"和那些嗅起来像乌鸦的无尾群居在一起，都是很少见的例子。

气味记号越来越强了，很靠近，应该不久就会遇到。果然没多久，白色狼群飞奔穿越柳树而来，速度快得连狼都感到吃惊。它们的群体很大，就像森林里的狼群，只是它们的身材更加厚实，连狼都觉得它们看起来非常强壮。

他站着一动也不动，等待它们靠近。他的心在胸口狂跳，但他勇敢地抬起头，挺直尾巴，他必须让自己看起来无所畏惧。它们来到雪地上，带头狼往后看一眼，狼群散开，把狼团团围住。它们沉默地停住脚步，皮毛在月光下闪耀，它们的气息像迷雾般漂浮，它们的眼睛闪着银光。

狼屏息以待，好让自己看起来比较冷静。带头狼略显拘谨地走向他，耳朵竖起，尾巴伸直，全身的毛都膨胀起来。狼的耳朵稍微往下降，他的毛也很膨胀，但比带头狼的稍微垮了一丁点，而他的尾巴也只是稍微往下降了一点——太高的话，会显得不敬，太低的话，则显得虚弱。

带头狼的神情相当严峻，眼光直视前方，不愿屈尊俯就地正视对方的眼睛。狼把头稍微转到一边，他的眼光先是往下，然后移开。带头狼慢慢移近，直到他就站在狼的面前，只要一伸掌就可以触及狼的口鼻。狼几乎不敢呼吸，努力站稳脚步，他看到带头狼口鼻的疤痕和一只耳朵被咬过的痕迹，眼前这只狼是一位身经百战而胜出的领袖。

带头狼又靠近一步，嗅着狼的尾巴底下，然后嗅了一下他还包着树皮的尾巴末端。它一闻赶紧跳开，困惑地抽动耳朵，然后它把口鼻凑过来，很近，但没有直接碰到狼的口鼻，嗅着狼的气息。狼也深呼吸一口气，品味带头狼那强壮而香甜的气息，环绕他们身边的白狼仍在沉静等待。

带头狼伸出前掌，碰触狼的肩膀。狼很紧张，下一刻是生死攸关，它们可能会帮他，否则就是将他碎尸万段。

第三十七节

在匆忙凿成的雪洞里度过一夜，芮恩等待黎明的到来，那将是她最后一个黎明。她不断在脑海中提醒自己，接受这个事实。她知道自己必须保有昨夜的勇气，但她并没有，她需要再一次看到阳光。

夜晚太安静了，只有无休止的风，以及冰河偶尔在睡梦中翻身，星辰看起来从未如此遥远而寒冷。她渴望听到声音：人声、狐声……不管是什么，只要有声音就好。北方的氏族有这样的说法，当你孤身在冰面上，你最想要的不是温暖，也不是肉，而是声音，因为你不想孤单死去。

这太不公平了，为什么应该她走到冰里，当厉鬼的陪葬？她多希望能够再见托瑞克一面，还有芬·肯丁和狼。"你的希望不重要。"她大声对自己说，"事情就是这样。"她的声音听起来苍老而破碎，简直就像是莎恩的声音。

在冰河的上空，出现了一道深红色的伤口，她看着那道绯红化为橘红，然后转为燃烧的黄焰。再也没有拖延的借口，她站起身来，死亡面具早已画在她的皮肤上，火焰蛋白石沉重地挂在胸口。她背上自己忠实的弓，开始往冰崖出发。

下雪了，白色的雪花洒在黑色的冰面上，冰面呈现尖刺的锯齿状，她必须艰辛地攀爬耸立的冰脊，然后跨越无底的裂沟，如此不断循环，只要稍一失足，就会跌入万丈深渊。她必须持续向前，到达冰崖正下方的黑色峡谷，就是在那个地方，她将解除火焰蛋白石的封印，召唤厉鬼前来，就是在那个地方，她将带领厉鬼走回黑暗之地。

一声震耳欲聋的呜咽，击向南方，有一片冰崖崩落，碎冰像云朵般袭向她的脸。没有任何东西可以抵挡冰河的神力，就算是厉鬼也不行。她拍拍外套，继续往前挺进，等她靠近冰崖底下的黑暗地，已经接近中午时分。风雪纷飞之中，她独自站立在冰脊上，俯视冰河肚里的那道裂痕。那里，她心想，将是她永远的葬身之地。

4

托瑞克已经走了整夜，借着食魂者手持的昏暗灯火追踪狼的足迹。妮芙和泰亚兹扛着皮船跟在他后面，舍丝露则走在他前面，一手拿着灯火，另一只手握着绑住他手腕的绳索。有时候，他会感应到欧丝特拉现身的恐怖气氛，却从来没有看到她的身影，但他只要一抬头，就会看到一只鹰鸮的黑影在上空回旋。

他的胸口发疼，脚步沉重，他勉强自己继续走。其他的一切都不重要，只求能够找到芮恩。他咬紧牙关，故意扭转手腕，好让生皮刺入他的血肉。他必须留下血痕，这是计划的一部分。

黎明来临，在灰白的光线中，地势崎岖险恶。他感应到有人在跟踪他们，可能是狼回来了，或是他的计划奏效，但也未免太快了。舍丝露拉扯一下绳索，催促他快往前走。托瑞克假装跌倒，双膝跪地，用出血的手腕涂抹雪地。

"起来！"舍丝露喝道，用力一拖，他痛得叫出声。

"听听他鬼叫的声音。"泰亚兹嗤之以鼻地说，"简直就像那只被我踩烂尾巴的狼，他就像幼狼一样哀叫。"

你一定要付出代价，托瑞克在心里呼喊，蹒跚着站起身来。我不知道你会怎样，但是你一定会有报应……已经接近中午，天空开始下雪，在飞扬的苍茫中，托瑞克看到眼前有一条长长的冰丘。他听到冰丘另一边传来冰河的轰隆声，一直绵延向南，还有一些几乎微不可辨的狼群嚎叫声。

舍丝露已经走到冰丘的顶端，她脸上戴着护眼罩，看起来苍白有如面具，她吐出黑色的尖舌品味空气，露出微笑。厉鬼来了。妮芙放下皮船，跛行攀上斜坡，当她取下护眼罩时，托瑞克惊讶地发现，她在一夜之间竟然老了许多。

"在那边。"蝙蝠族的巫师说，"她就在冰崖底下的阴影处。"

४

芮恩站在离峡谷二十步远,黑冰的下风处。她把手套脱掉,从外套内里拿出天鹅脚袋,她的手指抖得好厉害,试了好几次才终于打开袋口。但她还是办到了,火焰蛋白石从袋中轻轻滚到她的手掌心。它看起来暗淡无光,奇怪的是,竟比放在袋里显得更加沉重,而且如此冰寒冻人,让她的手心不禁感到刺痛。

你已经不能停止了,她心想,就算你想停止,也不能了。雪越下越大,她的掌心都冻僵了,火焰蛋白石却不为所动。在石头的内部深处,燃起了一丝绯红的火光,火光燃烧成炙焰:纯粹、坚定、美丽……芮恩闭上眼睛,用手指紧紧围住它。当她再度睁开眼睛,只见它仍在发光,绯红的光线透过她的血肉发亮。

白雪绕着她的脸庞回旋,她靴子底下的黑冰颤抖着,她的手高举着火焰蛋白石。冰河沉静下来,强风停歇,轻声呢喃,等候见证那即将发生的人间大事。起先,风里远远传来了饥渴与仇恨的呢喃,然后迅速膨胀成一种疯狂的喧闹,刺痛她的头脑,打击她的精神——厉鬼来了。

忽然一支箭飞过来,刺中离她头部只有一手宽的冰面。

"不准动!"一个壮汉吼道。

४

托瑞克简直快认不得芮恩了。她红色的头发在回旋的白雪中宛如燃烧的火焰,苍白的脸在高举火焰蛋白石之际显得异常美丽。她看起来不再只是他的朋友,她看起来宛如冬季里的"世界灵"化身:一个头发是红柳枝的女人,在雪地里孤身行走,遇到她的万物无不敬畏惊恐。

"不准动!"橡树族的巫师再度喝道。

"否则我们就射箭。"蝙蝠族的巫师警告说。

"你逃不了的。"蛇族的巫师说着,又取出一支箭搭在弦上。

"退后!"芮恩叫道。然后往离她十步远的峡谷边缘又走近一步。"我的周围都是裂沟,你们若是射箭,只会永远失去它!"

食魂者一动也不敢动。她离他们约有三十步远,确实是在射程以内,但这样太过冒险。托瑞克拼命拉扯绑在他手腕上的绳索,但他无法挣脱,泰亚兹已经把拴绳的棍子紧紧刺入冰面。赶快想办法。他把手套脱掉,张开一直紧握的拳头,把黑色树根扔在冰面上,然后转身用牙齿咬住,他祈祷自己没有太晚出手,但愿他的计划能够把握住那万分之一的机会。

一个阴影飞过他。"芮恩!"他大声吼道,"你的上面!"

她已经看到了。当那只鹰鸮伸出爪子向她俯冲过去,她早已拔出刀子相向,逼得它发出尖刺的鸣叫,飞回天空。"不要过来!"她严厉地警告那些食魂者,"你们谁也无法阻止我!"

"芮恩,你不能这么做!"托瑞克吼着,**"不可以跳!"**

她好像这时候才看到他在那边,坚毅的表情瞬间软化,她看起来又像芮恩了。"托瑞克!我不能……"她的眼睛突然睁得好大,惊恐地看着他后面,他转身一看,只见在回旋的苍茫中,一波黑潮飞奔而来,就像袭卷冰面的云影——厉鬼。

在那一瞬间,他只看到黑暗扫向他。然后他弯下头,发现自己的嘴里还咬着黑色树根,于是开始咀嚼,虽然作呕欲吐,但仍勉强自己全部吞下。

"芮恩!"他大吼,**"不可以跳!"**

屮

"不可以跳!"托瑞克大吼。芮恩迟疑了,她在大雪纷飞中看到他跪倒在黑冰上,被绑在木桩上,帽子被拉了下来,露出满是瘀伤的脸庞。食魂者就站在他旁边,他毫无胜算……但就在看到他的那一瞬间,她的心中再度燃起希望,他的声音听起来如此笃定。

但厉鬼横扫而来，越来越靠近，食魂者也向她步步逼近。她看到托瑞克摇晃着身躯，惊恐万分的表情，他的脸变得毫无血色，翻起白眼，整个人往前倒卧在雪地上。

"快起来！"她在心中呼喊。快动一下，做什么都可以，只要让我知道你还活着！

但他只是躺着。结束了，她不可置信地想着，只剩下我了。她的手指紧握住火焰蛋白石，然后她继续往后退，越来越靠近峡谷。

第三十八节

托瑞克躺在雪地上，嘴里因为胆汁而发苦。他用尽最后一丝力气转头，看到芮恩朝峡谷往后退，而食魂者步步向她逼进。厉鬼成群嘶吼飞过他的上方，他感应到，它们非常渴望火焰蛋白石，同时也很恐惧那群正在追猎它们的狼：北方的白色狼群和一只森林灰狼，锲而不舍地在雪地中追捕它们，而今更在冰面上飞奔，甚至赶在它之前。

"狼……"托瑞克想要说话，但嘴唇已经无法动弹。他的内脏开始痉挛，呕吐的感觉像波浪般袭向他。就在他陷入黑暗之前，他看到蛇族巫师的嘴角上扬，露出惊恐的表情。冰团边缘赫然有一只冰熊从海面冒出来……

现在他已经走到冰面上，甩掉毛皮上的水珠。他正跳向那些邪恶者，他们在他面前吓到心惊胆跳，他们的恐惧在风中飘散。蛇族的巫师脚步踉跄地拿着搭好箭的弓，她的眼睛看看熊，然后又看看托瑞克倒卧在地的身躯，脸上顿时充满愤怒。"那个男孩！那个男孩才是心灵行者！"

冰熊的大掌一挥，就让她飞了起来，整个人软绵绵地掉到冰面上。他走向那些讪笑的黑暗之云，品尝那些在风中涌向他的气味。橡树族巫师的盛怒、芮恩的恐惧，都在他面前展露无遗，蝙蝠族的巫师逃逸无踪，厉鬼们像河流般散开。他的咆哮声响彻云霄，他的怒吼撼动冰面，他根本就是所向无敌！

托瑞克感觉到冰熊的狂暴就是他自己的，他感觉到那嗜血的冲动像一股绯红的洪水淹没他，他用尽一切努力想要克服……但他迷失了，猎杀的渴望已经全然控制住他，正是这样的渴望让冰熊一路跟随雪地上的血迹而来，它要杀了这些无用的猎物：这些胆敢侵入它领地的恶灵和那个火焰头发的女孩！它要好好享用他们温热而柔软的心脏，它要把他们全部都杀了！

在它面前，那个白毛的恶灵挥舞着不堪一击的可笑武器，它不屑地把他打到一边，很高兴听见失败者的满地哀嚎。猎物惨叫，在地上蠕动，它靠过去准备猎杀……一只很大的灰狼跳到它面前，四脚着地

直视它，嘴唇往后拉，露出尖牙嘶吼。

这让冰熊感到加倍愤怒。它先是用后脚站立，然后用前掌撞击冰面，它转过头去，对那只狼狂吼。那只狼毫不畏惧地稳稳站着，他琥珀色的眼睛正视着冰熊，就像太阳一般坚定与强壮，这双眼睛穿透了冰熊黑暗灵魂的深处，找到托瑞克的灵魂。它们看到他的灵魂，它们呼唤着他的灵魂，他痛苦地用力摇晃身躯，终于摆脱嗜血的冲动。他又认得狼了，他又认得自己了，他反败为胜掌握住冰熊的灵魂。

泰亚兹仍在他的面前直打哆嗦，他的手臂断了，武器没了。托瑞克不禁畏缩，眼前是一个任他宰割的食魂者，只要用这张恐怖的嘴巴随便一咬，他就会一命呜呼。但现在已经不是冰熊的嗜血冲动想杀他，是他自己很想杀他。他真的可以杀了他，既然这世上最伟大的猎者俨然为他所用，他真的很想杀了这个坏人。橡树族的巫师不但虐待狼，还想要杀芮恩，而且当年追杀他的父亲致死……他真的很想杀了这个人！

但狼那双琥珀色的眼睛始终没有离开他。突然间，他明白了，如果他杀了食魂者，那他就会变得和他们一样邪恶。一声震耳欲聋的怒吼，他再度用后脚站立，站在橡树族巫师的头顶上。他怒吼一声，前脚着地，击破冰面，激起许多黑冰碎片——他没有杀人！

就在他决定不杀的时候，转身看到芮恩正摇摇晃晃走向峡谷，作势要往下跳。他看到蝙蝠族的巫师跛行到她身后，出其不意地从她手中夺走火焰蛋白石，然后非常用力地把她整个人从峡谷边远远推开。

蝙蝠族的巫师猛地转身，带着一种苦涩的胜利表情，对着躺在冰上的托瑞克身躯喊着："**我偿还了！**当你遇到你父亲的时候，请转告他，我偿还了！"说完她就跳了进去，蜂拥的厉鬼同声嘶吼，跟着她一跃而入。

冰河呜咽、黑冰崩塌，将峡谷永远封闭——这块火焰蛋白石的光辉从此熄灭。

第三十九节

托瑞克在冰面上醒来时是仰躺着。他头晕目眩，觉得好想吐，雪片轻轻飘到他的脸上，天空透着一丝清亮，他知道厉鬼已经走了。芮恩坐在他的身边，头靠在膝盖上，浑身发抖。

"你还好吗？"他喃喃说。

她挺起上身，脸色非常苍白，他这才发现她的前额画着死亡面具。"嗯。"她说，"你呢？"

"嗯。"他说谎。闭上眼睛，种种景象在脑中旋转：蝙蝠族的巫师站在峡谷边缘，橡树族的巫师蜷缩在他的面前，而他，那只冰熊，俯身准备猎杀……

"食魂者走了。"芮恩说，"他们搭乘皮船逃走了。至少，我想是这样的。"她告诉他自己怎么爬到安全的地方，险些来不及躲过崩塌的冰崖。等到飞雪沉静下来，蛇族和橡树族的巫师都已经消失，那只鹰鸮和那些白狼也已不见踪影。

托瑞克睁开眼睛："狼在哪里？"

"他就在附近。"她拔着手套上的毛，"就是他帮我找到你的。在成堆飞起的细雪中，我根本什么也看不到。然后我听到他在嚎叫，好凄厉，我以为他在哀悼你。"

"对不起。"托瑞克喃喃说。

"蛇族的巫师……"她似乎有点难以启齿，"她知道你是一个心灵行者。"

"是。"

"现在他们都知道了。"

"是。"

她盯着冰面发抖。"蝙蝠族的巫师说'我偿还了'，那是什么意思？"

他告诉她，他的父亲曾经阻止蝙蝠族的巫师自杀。

"啊！"芮恩忽然轻声叫道，然后把一个重物放到他手里。"拿去，这是你的。"

是爸爸的蓝色石板刀。

"她把我推开的时候，"芮恩说，"一定顺手把刀塞到我的腰带里了。我后来才发现。"

托瑞克的手指紧握刀柄。"她不全是坏人。"他喃喃说道，"至少不是一直都那么坏。"

芮恩瞪他一眼："你忘了她是食魂者吗？"

"可是她已经尽力弥补。"他想到蝙蝠族巫师的灵魂和厉鬼一起困在黑冰深处。他想到就在妮芙纵身一跃的时候，她肩膀上的小黑影往上飞起，是她把自己最心爱的小东西赶走，免得它和自己同归于尽。

"是你，对不对？"芮恩低声说，"那只冰熊。你的灵魂行走到冰熊的身体里。"

他和她四目交接，仍是不发一语。

"托瑞克，你可能会永远出不来，你可能会被永远困住！"

他用一只手肘痛苦地撑起身体："我别无他法。"

"但是……"

"你冒着失去一切的危险，准备牺牲自己的生命作火焰蛋白石的陪葬，你真勇敢……我一定办不到。"

她的脸色一沉，继续拔着手套上的毛，耸耸肩说："我也是别无他法。"

他们沉默下来。芮恩抓了一把雪，抹去前额的死亡面具，然后转身照料托瑞克手腕的伤。"如果冰熊没有来呢？"她说，"那你要怎么办？"

"那我只好行走到泰亚兹的身体里。"他毫不迟疑地说，"或是舍丝露。我绝不会让你死。"

她眨一眨眼睛说："你救了我一命。如果不是你……"

"是狼救了我们。"托瑞克说，"他一路猎杀那些厉鬼，他阻止我杀害泰亚兹，他救了所有的人。"

仿佛听到他们的召唤，狼从冰面奔跑而来，滑倒，但随即灵巧地摆动他缩短的尾巴，在一阵雪花中，轻轻停住。然后他跳到托瑞克的身上，舔舐他的脸，突然间，托瑞克很想把头埋在狼的颈背里哭个痛快：为了蝙蝠族的巫师，为了他自己，为了这一切的复杂情绪，也为了他的父亲。

"拿去。"芮恩说着递给他一片海豹肉。

他嗅了一下，接过肉片，想要坐起身来，但胸口的剧痛让他畏缩。

"很痛吗？"芮恩说。

"没有，我只是跌倒撞伤了胸口。"

"要不要我帮你看一下？"，

"不用了。"他低声说，"我很好。"

她看起来很困惑，然后她又耸耸肩，拿出一片肉去献给氏族的守护灵。等她走回来，也给了狼一片肉，自己最后才吃。他们默默吃着，望着太阳沉入海面。风停了，冰河睡了，四周很寂静。托瑞克看到一只孤独的乌鸦在天际滑翔而过，突然意识到他们离森林已经太远，他看了芮恩一眼，知道她也是一样的心思。

她说："我们没有食物，没有油脂，没有皮船。以神灵之名，我们要怎么回家？"

4

芬·肯丁和印努堤路克划着皮船从南方赶来，终于找到了他们。托瑞克和芮恩相拥躺在冰面上，狼站在他们身边守护着。

第四十节

芮恩先是万分意外，一时反应不过来，然后忍不住啜泣，扑到叔叔的怀里痛哭。他站在冰面上拥抱着她，在他的怀里，她嗅到了驯鹿和森林的气味。他告诉她，他向海鹰族借了一艘皮船，然后一直航行在礁岩和海岸线之间，直到他抵达老朋友白狐族的营区。

"那其他的族人呢？"她抹着鼻子说。

"回去森林了。"

"回森林？那你……"

"独自前来。我想你会比较需要我。"

她侧躺在他的皮船里，睡在温暖舒适的白色驯鹿皮睡袋里。托瑞克在印努堤路克的皮船上，狼则在冰面上和他们同步前进。

过了一会儿，她对着芬·肯丁的背说："我还是不懂。那些食魂者，托瑞克说他们想要让所有的氏族变得一样。可是我们原本就是一样的，我们的生活都奉行同样的法律。"

芬·肯丁转过头说："我们真的都一样吗？你想想看。现在你已经到过极北，你靠吃什么为生？海豹？"

她点点头。

"那海豹吃什么？"

她这才惊觉："吃鱼！它们也是猎者。我先前都没有想到。"

芬·肯丁转弯避过一块黑冰。"冰族人像冰熊一样过活，他们必须这样，否则就无法生存，有些海洋氏族也是如此。森林里的情况就不同了，这就是食魂者想改变的。"

芮恩若有所思。"他们告诉托瑞克说，他们是代表'世界灵'发言，但是……"

"没有人可以代表'世界灵'发言。"芬·肯丁说。然后他们都静默不语。

那天乌云蔽日，天空降下大雪。海鸥从头顶飞过，一只雪狐在冰地上跑步，嗅到狼的气味迅速逃逸。芮恩看着芬·肯丁的桨划过水面，开始觉得昏昏欲睡，心灵蜜蜂都飞回来了，她伸手碰触它们，笑

着感觉自己的手指轻抚着它们，然后它们消失了，她孤身在高山上，红色的眼睛从黑暗处向她步步逼近……她尖叫一声惊醒。

"芮恩……"芬·肯丁柔声说道，"醒来。"

她背对光线揉着眼睛："我做了一个梦。"

乌鸦族的领袖把桨的一端固定在横木上，以便稳定船的方向，然后转身看她。"食魂者……"他轻轻地说，"你近距离看到他们了，是吗？"

她喘一口气说："以前他们只是一些模糊的身影，但现在我真的见过他们了。泰亚兹、欧丝特拉，还有蛇族的巫师舍丝露。"

他们互看一眼，然后，芬·肯丁说："等我们回到森林以后，你要全部告诉我。但不是现在。"

她点点头，松了一口气，她还不想谈这些，她暂时不想再想起。芬·肯丁拿起桨，继续往前走，印努堤路克架着皮船和他们并行，托瑞克坐在他的后面。芮恩转过去想要看他的眼睛，但他并没有看到她。他的短发和刘海让她觉得很陌生，甚至有些不安。

冰面上的一场恶战之后，他的情绪就一直相当克制，起先她想，可能是因为在山洞里看到的那些事情。但现在她怀疑，恐怕并没有那么单纯，或许他对自己仍然有所隐瞒……

过了一会儿，她对芬·肯丁说："还没有结束，是吗？"

乌鸦族领袖再度转身看着她。"从来不会有结束。"他说。

4

狼很困扰，因为"无尾高个子"很困扰。如今，在黑暗的深处，狼决定勇闯那些嗅似雪狐的无尾的白色营帐，以便确定他的狼兄弟安然无恙。幸运的是，所有的狗都出去狩猎了，所以狼轻易地爬进营帐，很多混杂的气味飘到他的鼻子里：驯鹿、海豹、无尾、狐、越橘……但要在这些气味中分辨出他的狼兄弟一点也不困难。

"无尾高个子"缩在驯鹿皮里睡觉，和他的狼群姐妹背对背，他皱着眉，身体抽动着。狼感应到他深刻的烦恼，"无尾高个子"想要作出某项抉择，他很恐惧，他不知道该怎么做。除此之外，狼并不了解。

不过，至少目前他的狼兄弟和这些无尾在一起很安全，狼转而注意营帐里的一些有趣气味。海豹的膀胱吸引了他的目光，他把它咬破，结果溅了自己一身的水。然后他发现一个悬挂的生皮球，就用手掌轻拍了一下，结果它竟然发出咯咯声。他往里面一看，很惊讶，居然看到一只无尾小幼仔正盯着他看，狼舔了一下他的鼻子，他发出快乐的细声。

接下来，狼跑去闻挂在营帐中间一根树枝上的海豹肉。周围的无尾都已沉睡，他伸长了脖子，轻轻咬住那片肉，把它从树枝拿下来。正当他要离开，却发现有一双眼睛在看着他，在所有的无尾当中，狼最尊敬的莫过于乌鸦群的带头狼。只是这只无尾每次都睡得很浅，跟正常狼一样经常醒来，他现在就已经醒了。

狼把耳朵往后贴，摇摇尾巴，希望带头狼不要注意到他嘴巴里咬的肉。带头狼注意到了，他没有咆哮，也没有必要，他只需要把前掌交叉放在胸前，定睛看着狼。狼就懂了，他乖乖把肉放下，离开了营帐。

回到黑暗中，他在冰上找到适当的所在，把身子蜷缩起来休息。现在他已经确定"无尾高个子"很安全，至少目前如此，因为乌鸦群的带头狼在照看他。

森林的空地上因为火光而发热，烟和烤肉的味道令人陶醉，肥嫩的肉在火上嘶嘶作响。

"终于又看到真正的火。"芮恩说，"半个月以来第一次！"

在见识过白狐族昏暗的油灯之后，能够簇拥在乌鸦族标准的长火面前，真是人生一大乐事。一整棵松树在林间空地的中央燃烧，火焰

的高度超过一个人跳跃所及，炙热的火光，如果靠得太近，连眉毛都会被烧掉。

很多其他氏族的朋友也都来到斧头湖岸，一同庆祝乌鸦族人从极北之地回来，以及厉鬼被消灭。大家都带了食物：野猪族人带了半匹森林野马，他们把肉放到洞里烧烤，并且心平气和地争论，究竟是云杉还是松树枝烤出来的风味比较好；水獭族人带了莓果和芦苇粉制成的美味面饼，还有干蘑菇和青蛙腿炖煮的汤，不过味道有点怪，其他族的人大多吃不惯；柳族人带了很多咸鲱鱼和他们有名的花楸果烈酒；乌鸦族人则提供了许多公牛肠制成的香肠，里面包了牛血、骨髓油脂和榛果泥。

随着夜晚的来临，每个人都吃饱喝足，带着微醺侃侃而谈。猎犬兴奋地奔跑，尚未睡着的树灵则倾身靠向营火，温暖它们的枝叶，倾听众人的交谈。

托瑞克没有像其他人那样喝那么多，因为他不想让自己的灵魂乱跑。他已经很努力地和大家一起说笑，谈谈狩猎的故事，但他知道自己并不善于此道。即便是在极北之行以前，他本来就不属于这里，现在更觉得格格不入。人们经常用张大的眼睛盯着他，然后压低声音窃窃私语。

"他们说他和食魂者在一起待了好几天。"一个野猪族的女孩跟她妈妈小声说。

"嘘！"母亲轻声喝道，"会被他听到！"

托瑞克假装没有听到。他坐在长火边，看着芬·肯丁切下马肉，分装到碗里，芮恩则是皱着眉头捞出汤里的青蛙腿，然后偷偷摸摸喂给旁边等候多时的狗吃。他觉得无法融入其中，他们并不知道他有所隐瞒，他也不知道如何开口告诉他们。

在所有的人当中，可能只有印努堤路克隐约知道他心中的苦楚。在极北之地的最后一个早晨，当他们一起站在冰面上，白狐族的猎人转身对他说："你在乌鸦族里有很多好朋友。回到森林以后，不要急着离开他们。"

托瑞克着实吓了一大跳。印努堤路克知道多少，或是他知道了多久？

那张圆脸悲喜交加。"我觉得你就像是一只黑色的冰熊，可能一千个冬天才会出现一次。或许你将永远无法找到真正的平静，但在人生的历程中，你会交到很多朋友，你的名字将在许多土地上流传。"然后他把双拳交叉在胸前，鞠躬行礼："好好狩猎吧，托瑞克。愿你的守护灵与你同奔。"

在林间空地上，酒足饭饱后的人群开始唱歌跳舞。突然间，托瑞克再也无法忍受，趁着无人注意，他溜回了自己的帐篷。他坐在柳条席上，盯着帐篷口的小营火，不知该何去何从。

"怎么了？"芮恩的声音吓了他一跳。

她就站在火堆的另一边。他心想，她看起来有一点恐惧，莫非是已经看透了他的心思？

"你该不会是想离开吧？"她说。

他有点犹豫："如果是的话，我会先告诉你。"

她拿起一根树枝，拨动着火堆。"你在怕什么？"

"什么意思？"

"你有心事，我可以感觉出来。"

他没有回答。

"好吧。"她说着把树枝丢掉。"那我自己猜。在山洞的时候，你的额头上有血迹，你说那是不洁的。是不是……他们逼你动手参与了牺牲祭典？"

很聪明的猜测，虽然还是猜错了，但他决定顺水推舟。"没错。"他说，"猫头鹰，九个猎者当中的第一个，是我杀了它。"

芮恩顿时面无血色。托瑞克的心一沉，她如果知道其他的事情，会怎么想？

但她很快恢复镇定，勉强自己耸耸肩。"毕竟，我也用猫头鹰的

羽毛来做箭饰。虽然我没有直接杀它们，我只是偶尔发现死去的猫头鹰，或是有人给我羽毛。"她意识到自己说得太快了，顿时语塞。

"我们可以弥补的，托瑞克。我可以用一些方法来帮你净化。"

"芮恩……"

"你不需要离开。"她有点着急，"那于事无补。"看他不回答，她连忙说，"至少你应该先和芬·肯丁谈过。我要你发誓，在和芬·肯丁谈过之前，你绝不离开。"

看着她充满企盼的表情，他只好发誓。她走出帐篷之后，他把头靠在自己的膝盖上，一瞬间，仿佛又回到了冰面上，他的双手被捆绑在后面，舍丝露的指间抚过他的脸颊。"你永远都无法摆脱我。"她在他耳边低语。然后他感觉自己的肩膀被泰亚兹强而有力的手臂牢牢捉住，迫使他整个人躺下，舍丝露拿出一根骨针在他的胸口刺青，然后抹上腥臭的黑色颜料，那是混杂了被杀害的猎者和食魂者的污血。

"这个标记，"她轻声说，"就像刺入海豹皮肤的鱼叉，只要我轻轻一拉，你就会被牵引出来，无论你怎么抵抗。"

托瑞克打开背心的领口，伸手抚摸胸口上的结痂。他怀疑自己是否有那个勇气，让乌鸦族人，那些信任他的乌鸦族人，看到自己胸口上的标记：一支诱捕灵魂的三叉耙子——那是食魂者的标记。

第四十一节

芬·肯丁在黎明叫醒托瑞克，要他出来帮忙检查鱼线。当托瑞克从帐篷里出来时，发现芮恩和她叔叔一起在等着。从他们的脸上，他知道她已经把他们昨夜的对话转述给乌鸦族的领袖听。

他们一路穿越沉睡的树林，彼此都没有说话。山谷里浓雾弥漫，河边光秃秃的赤杨枝干呈现一片美丽的紫晕，托瑞克看到狼的身影在树木之间穿梭。周围一片寂静，唯有仍然冰封的河面发出融冰的泡沫声响。他们走到山谷的平坦沼泽地，河面在此放宽成池塘，池上有一些树皮织布的绳索，绳上系了许多钓鱼线。

今天的收获很不错，没多久，他们就捕到一小堆的鲈鱼和鲷鱼。芬·肯丁感谢猎物的灵魂，然后把一个鱼头叉到一根云杉枝干上，献给氏族的守护灵。然后他们在一棵倾斜的橡树底下生起营火，开始清洗内脏和刮鱼鳞的精细工作。把每条鱼都洗干净之后，他们就用线从鱼鳃穿进去，高挂在树上，连狼都无法触及的高度。微风吹起，沉睡中的橡树丝毫没有感觉，榉树却声声叹息，赤杨晃动着小小的球果，连在睡梦中都喋喋不休。

一只披着冬季皮毛的白色鼬鼠用后脚站立，嗅着微风中的气息。狼竖起耳朵，随即追了过去，芬·肯丁的眼睛看着他奔跑，然后转过来对托瑞克说："我曾经告诉你，一场大火打散了食魂者。"

芮恩整个人定住不动，一只手里还拿着鱼。托瑞克也僵硬起来，谨慎地说："我记得。"

刮，刮，刮。芬·肯丁的鹿茸刀继续刮着鱼鳞。"那是你父亲放的火。"他说。

托瑞克哑口无言。

"火焰蛋白石，"乌鸦族的领袖接着说，"是食魂者的权力所系。你的父亲把它击碎了。"

芮恩放下手边的鱼。"他击碎了火焰蛋白石？"

"然后他放了那场大火。"芬·肯丁说着停顿了一下。"其中一个食魂者死在火场，因为他想去拿火焰蛋白石的碎片。"

"这就是第七个食魂者……"芮恩喃喃地说，"我一直在想。"

托瑞克盯着火堆，遥想自己的父亲。他的父亲，就是那个放大火的人。"所以他并非只是逃走。"他说。

"嗯，他并不是懦夫。"乌鸦族的领袖说，"而且他很聪明。他让世人以为他和他的女伴也在大火中丧生了，然后他们逃到了森林深处。"

"森林深处。"托瑞克说。去年夏天，他曾经到达森林深处的边缘，他记得那些警觉树灵下的浓密阴影。"他们若是一直待在那边，应该不会有危险。"

芬•肯丁用他的刀子拨了一下火堆。在燃烧的火光中，他的轮廓宛如大理石雕像。"他们应该和你母亲的族人在一起。是的，离开是一个错误。但他们被背叛了。你父亲的哥哥探听到他们仍然活着，从那时开始，他们就一直逃亡。而你的母亲……"他说着深呼吸一口气，"你的母亲怕继续留下来会拖累族人，所以他们就离开了。"他再度拨弄火堆。"接下来的那个夏天，你就诞生了。"

"她却死了。"托瑞克说。

乌鸦族的领袖没有接话，他在回忆过去，蓝色的眼睛闪过一丝痛苦。托瑞克转过头去，看着榉树向冰冷的天空伸展它们赤裸的枝干。狼回来了，嘴里咬着一只山兔的前腿。他冲到浅滩处，把那只山兔腿往上一扔，然后作出一个美丽的跳跃，在半空中稳稳接住。

"火焰蛋白石，"芮恩说，"你说它碎了。"

芬•肯丁放了更多木材到火堆里。"告诉我，芮恩。当你拿到它的时候，是什么大小？"

托瑞克的心中有点气恼，隐隐作痛。现在说这个干什么？

"大约像一个野鸭的蛋。"芮恩说，然后她心中一惊，"那个是碎片？"

乌鸦族的领袖点点头："原本应该有你的拳头那么大。"

他们都沉默下来。狼躺在河岸，很快吃光山兔的前腿肉。此时此刻，甚至连多话的赤杨也停止絮叨。

托瑞克开口说："那么，蝙蝠族巫师殉葬的只是一小片，还有其他的？"

"还有其他的。"乌鸦族的领袖说，"动动你的脑筋，托瑞克。至少跨海的食魂者还拥有一块，所以才能用它来控制那只杀害你父亲的恶熊。"

托瑞克努力想接受这个事实。"那究竟还有多少？"

"我不知道。"芬·肯丁说。

"三个……"芮恩低声说，"一共有三个。"

他们不约而同地注视着她。

"黑暗中有三个眼睛，我在梦境中看到。一个被大海持有，一个被蝙蝠族巫师拿着，还有一个……"她停顿了一下说，"第三个在哪里？"

芬·肯丁双手一摊："没有人知道。"

托瑞克抬起头来，盯着头顶上咆哮的树枝，在很高的地方，他先前没有注意到，有一团冬青。原来橡树并没有在睡觉，在他上方，是它那青绿永不休眠的小心脏，他心想：不知它心中探知了多少人世间的秘密，它是否也知道他的事情？它是否看到了他胸口的记号？

他把手伸到外套里，碰触那个结痂。这个标记本身会危害到身边所有的人，就像芮恩的闪电记号可以保护她一样。在森林或是极北，或是跨海的某个角落，还有三个食魂者在密谋找寻火焰蛋白石的最后碎片，并且追杀他——心灵行者托瑞克。

"芮恩，"芬·肯丁开口说，"你先回营区，去告诉莎恩关于火焰蛋白石的事情。"

"可是我想留在这里。"芮恩抗议。

"去。我需要和托瑞克单独谈一谈。"

芮恩叹了一口气，站起身来。突然间，托瑞克觉得有话要跟她说，免得来不及。"芮恩。"他把她拉到一边，压低音量，以免芬·

肯丁听到，"我要你知道一件事。"

"什么？"她有点不悦地说。

"我有事情没告诉你，但是我一定会……"

出乎他意料之外，她的脸色并没有不高兴，她只是轻轻拉了一下箭袋的系绳，然后皱眉。"好吧。"她喃喃说，"大家都有秘密。我也有。"然后她忽然开心起来，"这表示你会留下来吗？"

"我不知道。"

"你应该留下来，和我们在一起。"

"我无法融入。"

她哼一声："这谁不知道！反正你到哪里都无法融入，还不是一样？"然后她咧嘴一笑，对他露出小虎牙，把弓背在肩膀上，穿越树林而去。

她走了好一会儿，托瑞克和芬·肯丁还是没有交谈。乌鸦族的领袖把鲷鱼叉在树枝上，放到余烬中烧烤，托瑞克则坐在一边沉思。

"吃吧。"芬·肯丁终于开口。

"我不饿。"

"吃。"

托瑞克吃了，发现自己狼吞虎咽，他几乎吞掉了一整条鲷鱼，才发现乌鸦族的领袖只吃了一点点。自从芬·肯丁在冰上救了他们，这是托瑞克第一次和他单独共处。托瑞克伸手用衣袖抹抹嘴巴，然后说："你是不是在生我的气？"

芬·肯丁用雪清洁刀子。"我为什么要生气？"

"因为我没有得到你的允许就跑去找狼。"

"你并不需要我的允许，你也差不多是大人了。"他停顿了一下，然后略为挖苦地说，"所以，你最好开始像个大人。"

正中要害。"那你说我应该怎么办？让食魂者把狼当牲礼给杀掉？让他们把厉鬼放到森林里肆虐？"

"你应该先回来寻求我的协助。"

托瑞克开口反驳，但乌鸦族的领袖作出手势阻止他继续。"你能活下来是运气，托瑞克，只因为'世界灵'要你活着。但运气总有一天会用完，'世界灵'随时会改变心意。你需要和族人在一起。"

托瑞克倔强地不发一语。

"告诉我，"芬•肯丁说，"你看到周围有什么足迹？"

托瑞克盯着他："什么？"

"你听到我的话了。"

托瑞克有点困惑，但还是一一告诉他：一头野牛蹄子沉重的拖行痕迹，一头红鹿啃咬过的嫩枝，还有一些几乎看不出来的凹洞，每个底部都有一小团结冻的排泄物颗粒，那是几只松鸡靠在一起做伴。

芬•肯丁点点头："你父亲把你教得很好，他教你追踪之道，因为这就是倾听之道：敞开心胸倾听森林所要告诉你的一切。可是他年轻的时候，从来都不听别人的话，他相信自己永远是对的。追踪、倾听，那是你母亲的天分。"他说着略为停顿，"或许，你的父亲之所以用心教导你追踪之道，就是希望你不要犯下和他一样的错误。"

托瑞克认真咀嚼他话中的含意。

"如果你现在离开。"芬•肯丁接着说，"就必须独力对抗三个拥有巨大力量的巫师。你毫无胜算可言。"

在河岸，狼已经吃完了山兔腿，现在正对着水中的名字灵魂摇动尾巴。芬•肯丁看着他。"一只年轻的狼。"他说，"往往有勇无谋。他或许自以为可以独力扳倒一头麋鹿，却忘了对方只要后腿一踢，就可以让他命丧当场。但他若是能够懂得等待，总有一天可以扳倒很多头麋鹿。"他转向托瑞克，"我不是命令你留下，我是在要求你留下。"

托瑞克倒抽一口气。芬•肯丁从没有要求过他任何事情。

乌鸦族的领袖把身子靠过去，用难得的温柔语气说："你的心里

有困扰。告诉我，是什么事？"

托瑞克很想说，却难以启齿。好不容易开口，他喃喃说道："你帮我做的刀子……我弄丢了。对不起。"

芬•肯丁知道他在闪躲问题，叹了一口气："我再帮你做一把。"他拄着拐杖站起来。"你看着那些收获，我要到山丘那边检查陷阱。还有，不管你有什么心事，托瑞克，最好都要留下来，和你的朋友在一起。"

他走了以后，托瑞克独自坐在火边，感觉胸口的食魂者刺青在外套里燃烧。**你永远休想摆脱我们……**

在阴影中，狼找到了新鲜的猎物：一头在上流溺死的獐鹿尸体，正缓缓漂过来。他跳过去抓鹿尸，却整个身体陷入河里，随波漂浮。然后他浮上水面，蹒跚上岸，抖落身上的水。再试一次，鹿再度沉落，试了三次之后，狼坐下来轻声哀鸣。一只乌鸦停在鹿尸上，似乎在嘲笑他。

或许蛇族的巫师是对的，托瑞克心想：或许我永远都无法摆脱她。他坐直身子，不，她也永远无法摆脱我。

你们已经知道我是什么了，他在心里告诉食魂者，但是我也认识你们了，我知道自己是在和谁战斗，而且我并不孤单。我可以告诉乌鸦族这其中的原委，我会告诉他们，不是今天，但很快，我可以信任他们，芬•肯丁一定知道该怎么做。

微风吹落树梢的积雪片片，这时候太阳出来了，映照着飘落的雪花，透出彩虹般的小银环。狼跳上岸来，带着河水的清冷气味，他们碰触彼此的口鼻。托瑞克忽然把外套的领口拉低，露出食魂者的刺青，狼嗅了一下，轻轻舔舐，然后就转过头去嗅着火边的鱼骨头。

他并不介意，托瑞克有点惊讶。他的心中燃起希望，看着周围的一切，到处充满春天的气息：柳树的银色柳絮飞舞着，榉树苗在父母亲矗立的雪地上冒出新芽，在阳光的照射下闪闪发亮。他想到在狼被捉走的那一天，他所作出的祈灵奉献，他当时祈求森林照看狼。森林果然倾听了他的祈求，或许现在，森林也会照看他。

傍晚时分，芬·肯丁回来了，拿着三只柳鸡和一只山兔。他的眼睛没有直视托瑞克，但当他走回橡树荫下，开始卸除绑在树梢的收获时，托瑞克可以感觉到他的表情有点紧绷。

托瑞克站起身来，开始帮忙。"我想留下来。"他说。

芬·肯丁的蓝色眼睛顿时闪烁光芒，他抿嘴一笑："很好，这样很好。"随后伸出手，轻轻摇晃托瑞克的肩膀，然后他们并肩往营区走去。

作者的话

托瑞克的世界是在六千年前：在冰河时期之后，农耕之前，当时整个西北欧依然都是浓密的森林。

托瑞克世界里的人看起来和你我并没有两样，只是他们的生活方式完全不同。他们还没有文字、金属和轮子，不过他们并不需要这些。他们是卓越的求生者，他们对森林里的动物、树木、植物和岩石都了如指掌。不管需要什么，他们都知道去哪里找或如何制作。

他们住在小氏族里，大部分的人总是到处迁徙，有些甚至在一个扎营处只停留几天，像狼族；有些则会待上一个月或一季的时间，像乌鸦族和野猪族；有些则整年待在同样的地方，像海豹族。也因此，在《海岛寻踪》事件发生之后，有些氏族已经迁移到他处，从附录地图即可一窥究竟。

我当然还是和英国野狼保护基金会的狼群保持好交情，它们始终是我灵感的泉源。很荣幸能一路看着这些小狼长成现在快乐、健康、活泼、开朗的成年狼，这都要归功于照顾它们的爱心志工。

我要感谢伦敦塔"纽曼乌鸦王"计划的负责人德瑞克•寇理先生，和我分享他对某些特殊乌鸦的丰富知识和经验，让我的灵感源源不绝。

一如往常，我要谢谢我的经纪人彼得•卡克思，感谢他长期以来不曾稍减的热情与支持。

最后，我要感谢把此书引进中国大陆的版权经纪人周长遐，同时要特别向费欧娜·肯尼迪致谢，感谢她在我写作这一系列作品期间的鼓励，以及她从无间断的付出、耐心，以及善解人意。她真的是个最棒的编辑和发行人。

米雪儿·佩弗